失恋の準備をお願いします

浅倉秋成

講談社
タイガ

イラスト――ｕｓ・ｉ
デザイン――坂野公一（welle design）

目次

失恋の準備をお願いします

※　※　※

「すべて、ラウンドアバウトだったんだよ」

「ラウンドアバウト？　ラウンドアバウトって、あの、交差点のラウンドアバウト？」

「そう。あのラウンドアバウト」俺《おれ》は言う。「あの交差点と同じだったのさ。曲がりたい方向は決まっているのに、敢《あ》えて反対の方向に走り出さなきゃならなかったり、あるいは飛び出すタイミングがわからずに、いつまでもぐるぐると周回してしまったり。そんなふうに複雑に、だけれども極めて秩序的にすべてが進行していく。信号もなく、ノンストップで、同時並行的に車が動かされていく。それが『ラウンドアバウト』。俺たちもそんなラウンドアバウトをぐるぐると回らされたメンバーの一員だったんだよ」

「……どういう意味なの？」

俺は笑った。「この『日《ひ》の下町《したちょう》』で、おそらくはいくつもの恋模様が展開されたんだ。

いくつもの『恋』が、まるでラウンドアバウトみたいに、一緒くたになってぐるぐると展開されていった――そして俺たちも巻き込まれた。結果、ある者は円滑《えんかつ》に結ばれたかもしれない。ある者は、苦難の末に別れる道を選んだかもしれない。いずれにしても、そんな中で俺たちはこうやって回り回って再び結ばれることができた。いわば勝ち組だってことだよ」

「……本当に、私なんかで構わないの？」

「言わせるなよ。少しばかり遠回りしてしまったけれども、進むべき方向はたった一つ。ずっと前から、そう決まっていたんだ」

「素敵」

※　※　※

第一話

上京間近のウィッチクラフト

「とにかく、八方ふさがりなの」

私がそう言うと、自称ぽっちゃり女子の『佳奈《かな》ぶん』は興味なさげにフライドポテトを三本まとめて口に放り込んだ。そしてもぐもぐと咀嚼《そしゃく》すると、油でてらてらと光った指先と口元をナプキンで乱暴に拭《ぬぐ》う。

「まっちょ、もう一つくらいハンバーガー食べるでしょ?」

「食べないよ!」私はわずかにテーブルの上に身を乗り出すと、どうやら真面目に話を聞くつもりがないらしい佳奈ぶんのことを少しばかり睨《にら》みつけてみせる。「佳奈ぶん。私、真剣に相談をしてるの」

「……いや、そりゃわかってるよ。だから私だってわざわざ放課後にハンバーガー屋まで付き合ってあげてるんでしょうが。でもまっちょの話、さっきからてんでまとまりがなくて何が言いたいのかわからないんだよ。結局何の相談なの?」

別段筋肉質でもないのに変わった本名のせいで『まっちょ』と呼ばれている私は、一つ咳払《せきばら》いをしてから改めて言う。

「……だから、お、男の人に告白されちゃったの」

「だから、聞いたよそれは」佳奈ぶんは濁《にご》った瞳《ひとみ》をこちらに向ける。「それがなんだっつーのって話なの。自慢か？　自慢なのか？　ええ？　生まれてはじめて愛の告白をされちゃったからって、天にも昇る気持ちってやつなのか？　『隣のクラスの転校生みたいに、私にも親衛隊ができちゃったらどうしよう！』なんて浮かれてるのか？　この、モテモテ女子高生が」

「そ、そうじゃないよ！　そりゃ、嬉しい……ことに違いはないけどさ、でも問題はそういうことじゃなくて……とにかくいろいろ八方ふさがりなんだよ」

「あぁ、わからん」佳奈ぶんは焦《じ》れたようにアイスティーをストローでちゅうと吸うと、テーブルに右肘《みぎひじ》を乗せた。「まずもって、まっちょはどこのガンプラマニアに告白されたのよ？」

「……いや、別にガンプラマニアじゃないよ。何で勝手にキャラ設定を詰めていこうとしてるの？　おんなじ予備校の男子だよ。趣味は家庭菜園」私は少しだけ頬《ほお》が赤くなるのを感じる。「最後の授業が終わった後に『ずっと好きでした付き合ってください』って……あはは」

「へぇ」佳奈ぶんは退屈そうな表情で最後のチキンナゲットを頬張る。「そりゃ結構なこって。んで、そんな幸せ絶頂のまっちょさんが、どうして悩む必要があるんですかね。彼のつくる野菜がなぜだか軒並《のきな》み卑猥《ひわい》な形に仕上がるとか？」

「仕上がらないよ。よしんば仕上がったとしても、それが何だって言うの……って、そうじゃなくて」私は言う。「断ろうと思うんだけど、どう断ったらいいのかな、って」

「なんだ。そんなことかい」佳奈ぶんは笑う。「『タイプじゃないんです～』とでも言っておけばいいでしょうが。ラクショーですよ。ラクショー」

「いや、それは言えないよ……だって一応、その、なんだろう」私は言う。「タイプでは……あるんだもん」

「はぁ？」

「少し抜けてるところもあるし、ちょっとおっちょこちょいなところもあるんだけどさ、とっても優しいし男らしいし、素敵な人だなぁって。それなのにさ『タイプじゃないです』なんて断り方は、ちょっと失礼かなって」

佳奈ぶんは怪訝《けげん》そうに眉間《みけん》に皺《しわ》を寄せる。「なによ。タイプなのに、どうして断ろうとしてるのさ？　爪の間にびっしり垢でも詰まってたとか？」

「……だとしたらもう、それは完全にタイプじゃないよ。一次審査でお断りだよ。そうじゃなくてさ、私、来月になったら——つまり高校を卒業したら東京で一人暮らしを始めるでしょう？」

佳奈ぶんはこくりと頷《うなず》いた。

「告白してくれた人はさ、地元の大学に行くらしいの。そしたら、付き合ったとしてもすぐに離れ離れになっちゃうでしょ？　いきなり遠距離恋愛は……したくない、からさ」

「うーん、まあねぇ」佳奈ぶんは鼻から息を吐いた。「でも、この辺も南東北なんだか北関東なんだか曖昧な地域だけどさ、東京なら会おうと思えば会えない距離ではないんじゃないの？　電車で三時間……もう少しかかるか」

「実はね、私のお兄ちゃんがさ、ちょっと前まで遠距離恋愛をしてたの」

「ほう。初耳だね」

あれは何年か前の春のこと。私のお兄ちゃんの彼女さんは、やはり今の私と同じように、高校卒業と同時に東京で一人暮らしを始めることにした。当時大学生だったお兄ちゃんは『愛の前では物理的距離など何ら意味をなさないのだ』などと無駄にキラキラとした言葉を吐いては、ほとんど週に一回くらいのペースで東京に足を運んでいた。私もそんな姿に妹ながらちょっとばかりのロマンチシズムを感じていたのだけれど、残念ながら長続きはしなかった。お兄ちゃんは青春をアルバイトと遠距離恋愛に捧げた代償に、単位をほとんど落として留年。あげく『たまにはお前がこっちに来いよ』なんて彼女さんに愚痴《ぐち》をこぼし始める始末。そんなこんなをしているうちにお兄ちゃんは唐突にサークルに通い始め、いつのまにやら同じ大学の女の子との交際をスタートさせていましたとさ……という話。

もちろん私にだって、お兄ちゃんの気持ちはわからないでもない。

「けれども、見捨てられちゃった彼女さんとしても辛いものがあるでしょ？　もし私がおんなじ目に遭うと考えたら、やっぱり辛いよなぁって」

「彼氏つくったこともないくせして、変な悩みこじらせちゃって」

「……佳奈ぶんだって、彼氏いたことないじゃん！」

「言っとくけど、まもなく『ぽっちゃり』は戦後最大の売り手市場に突入するんだかんね？」佳奈ぶんはアイスティーを飲み干した。「まぁ、いいや。ほんで要約すると『彼のことは気に入っているのだけど、遠距離になるくらいなら予《あらかじ》め断っておきたい』と？」

私は頷いた。「今はさ、あんなふうに私のことを『好き』って言ってくれてる彼も、いつかお兄ちゃんみたいになっちゃうのかな、なんて考えたら耐えられなくてさ……。それにもしうまくいったとしても、相手にも随分と負担をかけちゃうことになるでしょ」

「ふぅむ」と佳奈ぶんは唸《うな》る。「なら、その辺の事情を説明してあげればいいじゃん。『私は上京しちゃうんで、あなたとは付き合えません。ごめんなさい』って」

「そ、そんなの無理だよ！」

「えぇ？　なんでよ？」

「だって、『そんなの関係ないよ！　たとえ五百マイル離れていても、君のことを愛し続

ける よ！』的なことを……言われちゃうかもしれないじゃない！」

「……なんでちょっと星空のディスタンス風なのかはわからないけど、だったらなんだって言うのさ？」

「そんな熱いセリフ言われたら、思わず彼の男らしさと包容力にドキドキしちゃって『うん』って、言っちゃうかもしれないじゃない！」

「……知らないよ。そこはきちんと強い意志を持って臨みなさいよ」

「私の意志の弱さ見くびらないでよ！　断りきれなくて一年生のときまるで興味のない裁縫研究会に入部させられて、結局三年間在籍し続けたくらいなんだから！」

「まっちょ裁縫好きじゃなかったの⁉　まぁいいや、何にしても今回くらい頑張んなさいよ」

「無理だよ！　無理だから相談してるんだよ！　私は告白してくれた彼にお断りをしなくちゃいけない。だけれど『タイプじゃない』と言って傷つけたくはないし、上京することを正直に話すこともしたくない。そういったことを踏まえた上で、私のことを完璧にすっぱり諦めてもらえるようなそんな……そんな画期的なお断り文句を模索しているんだよ。ねぇ佳奈ぶん。何か……何かいいアイディアはないかな？　明日までに返事をしなくちゃいけないんだよ。何か画期的なセリフを――」

「まっちょ」

佳奈ぶんはまっすぐに私の目を見つめると、ハッキリとした口調で言った。

「ない」

私は家に帰ると、ため息とともにリビングへと向かう。

「あっ、まっちょおかえりぃ」

「あれ、リサちゃん？」

我が家のこたつには、なぜだかお隣に住んでいる山岡《やまおか》さん家《ち》の一人娘、リサちゃんが座り込んでテレビを見ていた（おそらく幼稚園の年中さんだか、年長さん……だったような）。キッチンで洗い物をしていたお母さん曰《いわ》く、山岡さんが留守にしている今日だけうちで預かることになったとのこと。なるほど。

本当なら笑顔いっぱいでリサちゃんと遊んであげたいところなのだけれども、今日ばかりはそうもいかない。彼に対するお返事のことで頭は混乱状態だ。私は座り込んでこたつに足を入れると、やっぱりため息をついた。

「まっちょ、げんきない？」

私はこたつの上にべったりと頬を預けると、リサちゃんを見つめながら頷いた。「お姉ちゃんね、悩みごとがあるの。元気そうなリサちゃんがちょっと羨《うらや》ましいよ」

「なら、リサがげんきにしたげる」

そう言うとリサちゃんはこたつの上にあったみかんを剝《む》き、そのうちの一房を取り出した。そしてそれをひとしきり私に見せつけると、右手でぎゅっと握りしめた。ちょうど怪力自慢がスチール缶を握りつぶしたみたいに。私は『あぁ、みかん、ぐしゃぐしゃになっちゃったよ』と思ったのだけれど、リサちゃんが右手を開くとそこには何と、みかんの姿はなかった。

私は素直に感心した。「すごい。みかんどこ行っちゃったの？」

「えへへ」リサちゃんは笑う。「『えんとろぴー』のむこうがわに、きえた」

「……壮大だね」

「えへへ。でもほんとうはちがう。これはてじな。ようちえんであそんだ『ななむー』におそわった」

「ななむー？」変なあだ名だな、なんて『まっちょ』と呼ばれてる私が言えた義理じゃないけれど。「すごいんだね、ななむーちゃん」

「そう、ななむーはすごい。いちばんヤバい」するとリサちゃんは唐突に何かを思い出したように部屋の時計を確認すると、慌ててテレビのチャンネルを切り替えた。「あぁ！しまった。もうはじまってる！」

「なにこれ？　見たい番組だったの？」

「そう、『まじかるうぉーりあー・るりる』。ようちえんで、みんなみてる」

「なるほど。いわゆる魔法少女アニメだね。私も小さい頃は見てたな。これって――」

「まっちょ、しずかに！」

私は苦笑いを浮かべると、そのまま視線をテレビへと向けてみる。ちょうど主人公らしき女の子が、悪の怪人的な何かを成敗したところのようだった。女の子は悪者に囚《とら》われていた男の子を救出すると、どことなく悲しげな表情を浮かべてみせる。男の子も呆然とした様子で女の子のことを見つめていた。

と、その男の子の雰囲気がどことなく私に告白をしてくれた彼に似ているものだから、私は再びため息をついてしまう。あぁ、どうやって返事をしたらいいんだろう。結局佳奈ぶんは何もアドバイスしてくれなかったし、他に相談できそうな人も思いつかない。

どうしたら……あぁ、どうしたら……。

「き、君がルリルだったのか」という声は、テレビの中の男の子のものであった。

「黙っていて……ごめんなさい」女の子は涙ながらに返す。「『マジカルウォーリアー・ルリル』の正体は、この私『瑠璃宮《るりみや》りるり』なの」

「だ……だから昨日君は、僕の想いには応えられないって……そう言ったのかい？」

「……そう。魔法協会の定めた掟《おきて》によって、『ウォーリアー』は絶対に市井《しせい》の人と恋をしてはいけないことになっているの。それがルールだから」女の子は涙をこぼす。

「なんて……なんてことだ」

「ごめんなさい。本当に……本当にごめんなさい。私たちは、絶対に結ばれてはいけないの。『人』と『マジカルウォーリアー』は絶対に、絶対に結ばれることのできない運命にあるのよ」

「くそぉ……くそぉぉ！」

私は気づくと、こたつの天板から顔をあげていた。
そして四つん這《ば》いになって画面に食いついている。
これだ。
私は頷いた。
こ、い、い、
これしかなぁい！

※　※　※

ベンチに座っていた私は、公園の入り口に彼の姿を見つけると膝の上に置いた両手にぎゅっと力を込めた。ひんやりとした夜の公園の空気は、私の心につんと沁《し》みる。

「お待たせ。満作《まんさく》さん」

私に告白してくれた日輪《ひわ》くんは、白い息を吐きながら駆け寄ってくる。私は慌てて立ち上がると小さくお辞儀をした。

「ご、ごめんね……わざわざ来てもらっちゃって」

「構わないよ……それで」日輪くんは少し遠慮したような視線を向ける。「返事……聞かせてもらえるんだよね？」

「そのことなんだけれどね」私は少しだけ間《ま》をとってから、思い切って告げてみせる。

「ごめん日輪くん。日輪くんとは、お付き合いできないの」

日輪くんはしばらく残念そうに口を曲げると、やがて飲み込めない何かを無理やり喉の奥に押しこむように、ゆっくりと頷いた。「……そっか。満作さんには他に好きな人でも、いたのかな？」

「ううん」私は首を横に振る。「私はむしろ日輪くんのことが、その……す、好きだよ。予備校でお話しできる機会は限られてたけど、それでも少人数の授業だったし、日輪くんのことはそれなりにきちんと理解できていたつもり。日輪くんは優しいし、自分の意見もはっきりと言えるし、本当に……本当に素敵な人だと思う」

「なら……どうして？」

「実はね……実は、私ね――」

握っていた手のひらに汗が滲む。いざ口に出そうとすると、喉がきゅっと狭《せば》まった。それにうっすらと涙すら出てきそうになる。でも……でも、言うしかないじゃないか。今の私には、これしか現状を打破するセリフは存在し得ないのだ。

私はほとんどやぶれかぶれの気持ちで言葉を吐き出した。

言え。言うんだ私。

「私、本当は――」

「――本当は、魔法使いなの」

……。

あぁ……。

あぁ……言ってしまったよ私。

案の定、日輪くんの目が点になってるよ。

「ま……魔法使い」

「あ、あのね……」私は慌てて口を開く。「すぐには信じられないよね、ご、ごめんね。変なこと言っちゃってさ。ちょ、ちょっとだけ、ほら、これを見てもらってもいいかな？」

私はポケットから消しゴムを取り出すと、それを日輪くんに見せつけた。そして日輪くんが動揺しながらも頷いたのを確認すると、それを右手でぎゅっと握りしめてみせる。それから三秒ほど数えてから、ゆっくりと右手を開いた。

「あ、あれ？」日輪くんの驚いた声。

「ほら」私は右手をひらひらと踊らせてみる。それまで確かに右手に握られていたはずの消しゴムは、すっかり姿を消していた。

「……これって」日輪くんは言い淀む。「これは……えっ？」

「魔法……だよ」

「えっ？」

「消しゴムは、魔法の力によってエントロピーの向こう側に消えた……みたいな、ね？」

「……え、えっ……と」日輪くんは咳払いを挟む。

ま、まずい。やっぱり作戦を第二段階に移行させる必要がありそうだ。「も、もちろんこれだけじゃないよ？　これだけで魔法だなんて、そんなのちゃんちゃらおかしいもんね。あはは。……さ、さあ、これを見て。今から更に消しゴムを魔法で瞬間移動させるから」

私はまたしても両手をひらひらと動かすと、ホイというかけ声とともに勢いよく砂場の方を指さしてみせた。砂場には午後七時近いというのに一人で遊んでいる幼稚園児の姿。そんな幼稚園児は、私が指をさしたタイミングに合わせるように「うおー」という声を上げてくれた（非常に演技臭い声であったことは否《いな》めない）。

日輪くんは呆然とした表情で幼稚園児を見つめている。私は唾《つば》を飲み込んだ。

やがて幼稚園児は砂場からこちらに駆けてくると、私に向かって右手を差し出す。その右手には何を隠そう（私が予め渡しておいた）、かの消しゴムの姿が！

「あ、あのね」と幼稚園児——もといい仕掛け人のリサちゃんは私と日輪くんに向かって訥々《とつとつ》と証言をする。「さっきとつぜん、このけしごむが、ふっとんできて、きづいたら、リサのみぎてのなかに、びしって、はいってた。ふしぎだ」

日輪くんはきつめの瞬きをした。私が頷くと、リサちゃんは続ける。

「よくわかんないけど、ちょっとだけ『まほう』っぽい、てざわりがしたかもしれない」

余計なことは言わないでリサちゃん！　そんな超常的なセリフは台本になかったはずだよ！

「リサは、まほうだとしか、おもえない。これはぜったいに、てじなじゃない。なにか『まほう』とくゆうの、ぬるぬるした——」

「あ、ありがとうね！」私はリサちゃんの話を遮《さえぎ》ると、「もう遅い時間だから、早くお家《うち》に帰った方がいいんじゃないかな？　ね？」と言ってリサちゃんの背中を押した。するとリサちゃんは親御《おやご》さんである山岡さんが待つ公園の入り口へと向かって行った。山岡さんは私に対して（明らかに知り合いに対してのみ行われる若干親密度の高い）お辞儀をすると、リサちゃんと共に公園から去っていった。

私はすべてを見届けると、時間をかけて口から息を吐き出す。

うん。

「と……いうわけでね日輪くん」私は言った。「魔法使いなの」

「……ま、ほう」

「そ、そう。魔法」

「……まほう」

はい。

やってしまいました。

私は一体全体、いつから正気を失っていたのだろう。どうしてこんな子供騙しで日輪くんを騙せると思っていたのだろう。あぁ、私はなんて間抜けなんだ。よりによって『魔法使い』って……。なんだよ魔法使いって。どう見たって三流の手品じゃないか。わざわざリサちゃんに協力してもらってまで、私は何をやってるんだ。あぁ、なにこの日輪くんの表情は？　まるでホームステイ先の家族が笑顔で振る舞ってくれた料理が苦手なものばっかりだったときのような口角の曲がり方をしてるよ。

あぁ……ダメだ。完璧に不思議ちゃん認定をされてしまった。違うんだよ日輪くん。これには深い深い理由があるの。だからどうか私に幻滅《げんめつ》しないで――

「まさか」日輪くんは言った。「まさかこんな身近に……魔法使いがいただなんて」

信じてもらえてたよ！　日輪くんが抜けてくれてて助かったよ！

「これはもう疑いようがないよ。あの小さい女の子も、確かに魔法特有のぬるぬるとした手触りを感じたと言っていた」

リサちゃんの謎の証言も大事な根拠になっているっぽい！

ありがとう協力してくれたリサちゃん（そしてななむー）。まさか幼稚園児から又聞きした手品と歯がゆい三文芝居が魔法にまで昇華してくれるなんて！

「今のは、満作さんが魔法で消しゴムを一旦消し、その後、瞬間移動させたってことなの？」

「そ、そうなんだよ。そうなの！」私は思わず身振り手振りを加える。「私が魔法で消しゴムをエントロピーの向こう側に持っていって、それからあの子の手の中に移動させたの。人間界では力が制限されてるからこの魔法しか使えないんだけどね。とにかくそう。私がやったの」

「すごい……すごいや」日輪くんは頬を緩める。「満作さん。悪いんだけどできればもう一回だけ、見せてはもらえないかな？　すごく感動したんだ、ぜひもう一度だけ見てみたい」

「え、えっ!?」な、なんて無茶振りを。協力者（リサちゃん）がいなければもちろんできない。「そ、それはちょっと……厳しいかな？　今日はちょっともう、魔法石が足りなくて」

「……あ、割とそんなレアガチャみたいな感じなんだね」

「と、とにかくね、日輪くん」私は日輪くんが疑いの目を向けてしまう前に話を畳みにかかる。「私は魔法使いなの。今は人間界に潜伏しているだけで、高校生というのは仮の姿。それで魔法界には鉄の掟があって、絶対に一般の人間とは交際できない決まりになってるの……だからごめんね。私は日輪くんのことは素敵だと思ってるけれど、お付き合いはできないの。ごめんなさい。だから諦めて！」

「……聞いてもいいかな？」

「……な、何かな？」

「その『鉄の掟』を破ると、どんな罰が待ってるの？」

考えてなかった。「あぁと、その……ものすごく恐ろしい罰で……」

「どんな？」

「か、簡単に言っちゃうと――」駄目だ、いいアイディアが思いつかない。「だ、脱会リンチだね」

「脱会リンチ⁉　ほとんどヤンキーじゃないか！」

日輪くんは思いの外野蛮な魔法界の実態に驚いたのか、しばらく顔をしかめるとしかし首を勢いよく横に振ってみせた。そして私の目を力強く見つめると、ぎゅっと固く拳《こぶし》を握りしめる。

「関係ないよ」

日輪くんは確かめるように言うと、自分自身を納得させるように頷いた。

「そう、関係ない。そんな『掟』なんて……クソ食らえだよ！」

私の胸はドキンと脈打った。

日輪くんは力強く続ける。

「僕は満作さんのことが、好きだ。大好きだよ！　魔法界が何と言おうが、掟がそれを禁じていようが、そんなこと一向に関係がないね。僕は満作さんのことが好き、そして、満作さんも僕のことが好きだと言ってくれた。これ以上の事実なんて、この世界には必要がないんだ！」

日輪くんの言葉に私の心の堤防はぐらりと揺れ、にわかに決壊を予感させる。駄目だよ日輪くん！　それ以上は言わないで！　やめてよ日輪くん！

「僕は『満作千代子《ちよこ》』という一人の女性に惚れてしまったんだ。満作さんと結ばれるためなら、僕にはなんだってする覚悟がある。もちろん満作さんに脱会リンチなんて受けさせはしないし、そのためなら代わりに僕がリンチを受けてみせてもいい。だから絶対に……絶対に満作さんのことを諦めるつもりはないよ。僕は戦うよ、満作さん。魔法界の掟を破り、魔法界と全面対決をすることになってもいい。僕は絶対に君を守り続けるし、愛し続ける自信がある。さぁ、満作さん！」

日輪くんは私の前に右手を差し出した。

「この手を握ってよ！　そして、一緒に築き上げていこうよ！　魔法使いとマグルの新しい未来というやつを、あるいは新しい『愛の形』というやつをさ！　さぁ満作さん！」

「……で、でも！」

「満作さん！」

「あぁ……」

「満作さぁん‼」

――――

※　※　※

「それで――」佳奈ぶんはオニオンリングをぱくりと頬張る。「まっちょはどうしたのさ？」

「手を……」私は唇を噛んだ。「握ってしまいました」

「意志、弱っ！」

「だって、だって仕方ないじゃん！　気になってる男の子にあんなふうに熱く愛を語られたら、誰だって思わずクラッときちゃうものでしょう？」

「……どうだかねぇ。何にしても『魔法使い』を自称し始めるなんて、まっちょもなかなかロックだよ」

「他人事《ひとごと》だと思って！　あぁ〜。うまく断れなかったよぉ！　これじゃダメなんだよ〜！　日輪くん『マグル』とか言ってたし……」

「もう下らない嘘をつくのは諦めて、遠距離恋愛すればいいじゃんか」

「ダメ！　それは絶対にダメなの！」私は力説する。「日をまたいで冷静になった今なら断言できる。あの日輪くんの姿は、本当にお兄ちゃんにそっくり。お兄ちゃんと同じようにきっといつか私のことを重荷に感じて、しおしおになっちゃうんだから！」

「あぁ、そうですかい」佳奈ぶんは私のフライドポテトにまで手を付ける。「なんでもいいけどさ、『私は魔法使いだ』なんて中途半端なハッタリかますくらいだったら、もっと絶対に交際が無理そうな『絶望的』な設定を考えればよかったのに」

「絶望的って、例えば？」

佳奈ぶんはシェイクをすると、からりとした口調で言った。

「知らない」

私は家に帰ると、ため息とともにリビングへと向かう。

「あら千代子、お帰りなさい」

「……ただいま」

お母さんはこたつに入ってテレビを見ていた。こたつには、すでに皮だけになってしまったみかんが三つ置いてある。私はほとんど倒れこむようにしてこたつに潜り込むと、いつかのように天板の上に頰を預けた。

「千代子、具合でも悪いの？」

「具合は悪くないんだけど」私はおざなりな声で言う。「ちょっとした悩みごと」

「悩みごとね」とお母さんは言うと、小さく洟《はな》をすすった。それからティッシュを一枚手に取り目元を拭う。「どんな悩みごとか知らないけれど、彼らに比べたら小さなものよ」

「彼ら？」

「見てみなさい」お母さんは目元に涙を浮かべながらテレビを指さした。

くたびれた軍服に身を包んだ兵隊さんが映っている。どうやらひと昔前の戦争映画を見ていたようだ。お母さんには悪いけど今の私はこんなものを見ている場合じゃない。日輪くんに自分のことを諦めてもらうために新たな（佳奈ぶんの言うところの『絶望的』な）セリフを考えなければいけないのだ。

絶望的……。絶望的って、どんな——

「達則《たつのり》さん。本當《ほんとう》に行ってしまうんですね」テレビから若い女性の声が聞こえる。声は涙に震えていた。

「仕方のないことです」軍服に身を包んだ青年は、努めて凜々《りり》しい声で返す。「誰もが國《くに》のために命を賭《と》して戦っている今、私もまた、戦わない譯《わけ》にはいかないのです」

「歸《かえ》ってきては、くれないのですね?」

「はい……。本當に申し譯ありません。私は特別攻撃隊の一員として、自らを槍とし、鉾とし、又、突撃をする覺悟《かくご》を決めました。公子《きみこ》さん。あなたを愛する氣持ちが本物であるように、この國を思う私の氣持ちも、本物なのです。どうか。どうか私のことは忘れて、新しい恋に生きてください……」

「達則さん!」

「さようなら、公子さん」

「達則さん!」

私は気づくと、テレビ画面にかじりついていた。

そして唸る。これだ。

大いに唸った。

いい、いい、いい
これしかなぁい!

※　※　※

「何度も呼びだしちゃってごめんね、日輪くん」

日輪くんはあの日と同じように、私の座っていたベンチまで小走りで駆けてくると微笑《ほほえ》みを浮かべた。月明かりが日輪くんの頬を優しく照らす。「どうしたの満作さん。僕はてっきり、この間のあれが──つまり手を握ってくれたということが、『これから生涯を共に添い遂げましょう』という満作さんの返事なのだと、しっかりと胸に刻み込んでしまったのだけれど」

重たいよ……。手を握ってしまった代償、あまりに重たいよ……。

私は自分に言い聞かせるように深呼吸をしてから、話を切り出した。

「わ、私もね、そのつもりにちょっとだけなっちゃったんだけどね……やっぱり、ごめんなさい。日輪くんとお付き合いはできないの」

「そんな！　だって魔法界の掟は共に乗り越えられると……そう、そう誓ってくれたじゃないか！」

「掟だけの問題ではなくなっちゃったの！」

「……どういう意味だい？」

「始まっちゃったの……」

「何が？」

私は深呼吸をしてから告げる。「第四次……魔法大戦が」

「ま、魔法大戦⁉」

私は慎重に頷いた。「世界中の魔法使いたちが、戦争をすることになっちゃったの。それはそれはもう……とにかくものすごいやつをドンパチと」

「ど、ドンパチ？」

「ま、まぁ、そのへんの表現はおいておいてさ……何にしてもものすごい戦争になっちゃったの。中でも前線の『特別魔法攻撃隊』なんかは捨て身の作戦を取っていて、とてもとても悲惨な状況に……」

「……特別魔法攻撃隊？」

「そう。特別魔法攻撃隊の魔法使いたちは飛行魔法で敵の領海まで飛んで行くと、そのまま敵の艦隊に体当りして砕け散っていくの」

「なんてプリミティブな戦い方なんだ‼」日輪くんは驚いたように目を瞬かせる。「魔法使い同士の戦争といっても、なかなかどうして血なまぐさいものがあるんだね。しかも敵も敵で、艦隊とか保有してるんだ……魔法使いなのに」

「う……うん」と私は物語に完璧な破綻《はたん》が訪れてしまう前に話をまとめにかかる。「と、とにかくね、だから日輪くんとはお付き合いができないの。これ以上私と関わり合いをもってしまったら、日輪くんにも戦争の危険が及んでしまうかもしれない。私にはまだ赤紙は届いてないけれど、いつ届いてもおかしくない。日輪くんのことが好きな気持ちは本物だけれども、魔法界のことを大切に思う気持ちも、また本物なの。だからごめん日輪くん。私のことは忘れて、どうか新しい恋に生きてください」

するとと日輪くんは、嘆くように首を横に振った。

それからため息をつくと、何かを諦めたように目を閉じた。

あぁ……日輪くん。とうとう私のことを諦めてくれるんだね。ごめんね、嘘をついちゃって。でも、絶対に私なんかと遠距離恋愛してもいいことなんてないからさ、新しい女性を見つけて、素敵な恋をしてください。少し……少しだけ、寂しいけどさ。

「……悲しいね」と日輪くんは言った。

私は頷く。「でも、しょうがないよね。これがきっと運命だったんだよ」

「悲しいよ……本当に」日輪くんは歯を食いしばる。「どうしてどこの世界でも、人々は戦争をしてしまうのだろう」

あっ、魔法界について悲しんでくれていたんだね。

「……満作さん」

「……なに？」

「僕は……負けないよ」

「えっ？」

「僕はさ……君を支えてみせるよ」日輪くんは確かめるように二度頷いた。「君に恋をしたとき、僕は果てしのない運命を感じたんだ。何か世界の大きな理《ことわり》に触れたような壮大な因果をね。その理由が、今ハッキリとわかった気がするよ」

「……ひ、日輪くん？」

「満作さん。確かに、戦争は恐ろしい。たくさんの血が流れ、たくさんの命が奪われる。だけれども、やっぱりそれは僕と満作さんの間を別《わか》つ理由には決して成り得ない」

まずい……まずい匂いがしてきたよ日輪くん！　駄目だよ日輪くん！

「恋なんてさ……ほとんど戦争みたいなものなんだよ。僕はね、満作さん。絶対に負けたくないんだよ、戦争にも、恋にも、そして何より……僕自身の気持ちにね」

天使の矢が、私の胸に深く突き刺さる。あぁ……日輪くん！　日輪くん！

「さぁ満作さん！　僕のこの右手を強く握ってよ！　それで今ここで誓ってよ！　決して僕の手を離さないと、自分の気持ちに嘘をつかないと、そして僕とともに戦ってくれると！　戦争は確かに魔法界のものかもしれない、だけれども、僕はいつだって君の隣にいる。君が傷つけば優しく介抱し、君が怒ればそっとなだめる。君が挫《くじ》けそうになったらいつまでも支え続けるし、君が震えるならずっと君のことを抱きしめ続ける！　僕は絶対に君を失望させない！　僕は絶対に君の側を離れない！」

「ひ……日輪くん」

「満作さん！」

「駄目だよ……日輪くん」

「さぁ、もう一度！　もう一度僕の右手を掴んでよ！　そして誓ってよ満作さん！　僕こそがこの世界の、君にとっての『衛生兵』であると、証明してみせるから！」

「あぁ……日輪くん！」

「満作さぁん‼」


――――

※　　※　　※

「それで――」佳奈ぶんはコーヒーフロートをすする。「まっちょはどうしたのさ？」

「手を……」私は唇を嚙んだ。「またしても、握ってしまいました」

「押しに弱っ！」

「あぁ～みなまで言わないでよぉ。自分が一番わかってるんだよぉ～！　駄目だよ日輪くん。ものすごく熱いよ。熱過ぎて私にはもう抑えきれそうにないよ……。というか『君にとっての衛生兵』ってどういう意味だったんだろう……」

「いい加減付き合っちゃえばいいじゃん」

「それは駄目なんだってばぁ……」

「あたしにはもう、よくわからんよ。……そもそも魔法大戦て。信じる男も表彰ものだよ」佳奈ぶんはチーズケーキを口に運んだ。「何にしても、まっちょもそうやって理論をあーだこーだ捏《こ》ねてるから相手の情熱に押し負けるんじゃんか。もっとこう、『物理的』なアプローチをしていかないと」

「物理的って、例えば？」

佳奈ぶんはコーヒーフロートを飲み干すと明快な口調で言った。

「さあ」


私は家に帰ると、ため息とともにリビングへと向かう。

「おぉ千代子、お帰り」

「……あれ、お父さん？　今日は随分早いんだね」

お父さんは笑顔を見せながら「今日は取引先から直帰してきたからね」と言うと、こたつに入ったままテレビへと視線を戻す。そしてリモコン片手にニュース番組を見始める。

「お……お父さん悪いんだけどさ、チャンネル替えてもいい？」

「ん？　どうしてだ？」

私は遠慮がちな声で言う。「ひ、ヒントが……ありそうな気がして、さ」

「ヒント？　なんのヒントだ？」

「あはは……とにかくね、ほら、何でもいいからチャンネル替えさせてよ、ね」

「悪いけどそれはできないなぁ」お父さんはテレビから視線を切ろうとしない。「もうすぐこの番組で、お父さんの取引先が特集されるんだ。お父さんがよく目をかけてあげた取引先の立川《たちかわ》さんも出演する予定でね。それが楽しみでずっとこうして待ってたんだ。悪いが千代子のお願いでも、今日ばかりは譲れないな」

そんなぁ……。

私はがっくりと肩を落とすと、ゆっくりとこたつに足を入れる。放送されているのは何の変哲もないいわゆるふつうのニュース番組。キャスターが「続いて特集のコーナーです」と言うと、画面は我らが日の下町の景色を捉えた。お父さんは待ってましたとばかりに画面ににじり寄る。私だっていつもなら地元が地上波に映ればそれだけで大騒ぎなのだけれども、今日ばかりはそうもいかない。

あぁ。どうやったら日輪くんに、私のことを『物理的』に諦めてもらえるんだろう。

はぁ……難し過ぎるよ。

「本日はこちらの『日の下アクリルプロダクツ有限会社』にお邪魔をしております。なんでもこの会社、とんでもない発明をしたとのことなんです。あっ、担当者の立川さんですね。こんにちは」

「こんにちは、立川です。よろしくお願いします」

「なんでも聞いたところによると、『透明なアクリル板』を開発されたとのことで」

「はい、そうなんです。従来のアクリル板ももちろん透明だったのですが、弊社が開発したアクリル板『ネオアクリルピュア』は、光の屈折率を巧みに利用し、より完璧な透明へと近づくことを実現いたしました。こちらを御覧ください」

「こちら……と仰《おっしゃ》いましても、ここには何もないようですが……」

「では、実際に手を伸ばしてみてください」

「えーと、うわっ！　すごい！　すごいです！　これ、あんまりにも透明なんで気づかなかったんですけど、ほらここ、わかりますかみなさん？　これまったく見えないですけど、ここアクリル板がありますよ！　それも随分と丈夫そうです」

「そうなんです。弊社の開発した『ネオアクリルピュア』は極めて完全に近い透明度であるだけでなく、非常に頑丈でちょっとばかりの衝撃ではびくともしないんです。今後は、工業分野のみならず、インテリア等、新たな分野での活用が期待されています。もし『ネオアクリルピュア』の新しい活用方法をお考えになった方がいらっしゃったら、ぜひとも弊社までご連絡をいただければ――」

これだ。

私は強く頷いた。

い、い、い、これしかなぁい！

※　※　※

ここは公園ではなく、日の下アクリルプロダクツ有限会社の工場敷地内。夜の工場裏に吹き付ける風は、心なしか今までよりもわずかばかりの緊張感を孕《はら》んでいるようだった。いくらもしないうちに寒さからほっぺたはぴりぴりと痛み、指の先がかじかみ始める。私が小さく洟をすすると、向こうから日輪くんが現れた。

「今日は……どうしたの？　わざわざこんな工場裏で会おうだなんて」

私は白い息を吐くと、今までよりも少しばかり神妙な面持ちで言葉を紡《つむ》いだ。

「ごめんね。日輪くん」私は言う。「今日は……お別れを言いに来ました」

「お、お別れ？」日輪くんは何かを否定するように首を横に振った。「そんな、魔法界の掟も、戦争も、何もかも関係ないって……そう……そう言ってくれたじゃないか⁉」

「ごめんね。……でも、魔法界に帰らなくちゃいけなくなったの」

日輪くんははっとしたように目を見開いた。「魔法界に……帰る？」

私は大きく頷いた。「今まで本当にありがとう。告白をしてくれたことはとても嬉しかったし、私も日輪くんのことは好きだった。一度は……いや、二度も日輪くんとなら魔法界と人間界の垣根を越えて交際できるんじゃないかな、とも思った。……だけれども、とうとう魔法界の偉い人から、全魔法使いに帰還命令が下ってしまったの」

「……いつ、帰るんだい？」

「もう……すぐにでもだよ。今も、魔法界の遣いをすぐ近くで待たせているの」

「ちょ、ちょっと待ってよ！　そんなの……そんなのないじゃないか！　満作さんは、魔法界に帰ったらもうこっちの世界には帰ってこないの？」

私は頷く。「もう、会えないと思う」

「……ひょっとして戦争に行くのかい？」

「えっ？　あぁ……あぁ」あんまり心配させちゃ、駄目だよね。「行くことにはならないと思うよ。赤紙は来ないことになったから、じ、自宅待機だね。たぶん」

「自宅は、安全なの？」

「う……うん。大丈夫。とても硬い金属とかで、できてるから。だから絶対に死んじゃうようなことはないよ。安心して」

「なら……僕も、僕も魔法界に連れて行ってよ‼」

「えぇ⁉」

「僕も一緒に、魔法界に行くよ！　それで満作さんと一緒に丈夫な鉄骨住宅の中でひっそりと暮らすよ！」

「だ、駄目だよそれは！　その、そ……そう！　魔法界に一般の人間がきたら、すぐにバレちゃうんだよ。頻繁にお役所の人とかがチェックに来るし」

「……役人めぇ‼」

「ごめんね日輪くん。もう……行かなくちゃ」

私はコートのポケットから小さな包み紙を取り出すと、それを日輪くんに手渡した。

「これは？」

「一応、お別れのプレゼント。……あっ、あんまり期待しないでね、ただのハンカチだよ。どんなものを贈ったら男の人が喜ぶのかよくわからなかったから、芸のないものになっちゃったけど、もしよかったら使ってね」

「嫌だよ……ダメだよ満作さん。こんなものを受け取ってしまったら、満作さんとの別れを受け入れるみたいじゃないか！　そんなの嫌だよ！　魔法も、掟も、戦争も、そんなの全部関係ないって、そう言ってくれたじゃないか⁉」

日輪くんの瞳はかすかに涙の気配を纏《まと》ったように、うっすらと潤んでいた。

私も思わず目頭が熱くなってくる。

あぁ、本当にこの人は……日輪くんは、素敵な人なんだな。私は今きっと、ものすごく勿体《もったい》ないことをしているんだろうな。そんなことを、考え始めてしまう。魔法設定を素直に受け入れてくれる辺り、私のことを心底信じてくれていたんだろうし、これだけの『熱い』言葉をぶつけてくれていることからも確かに私のことを想ってくれていることが感じられる。本当に……本当に誠実で、まっすぐな人なんだ。

心にふっと、すき間風が吹き抜ける。

日輪くんなら、お兄ちゃんみたいにはならないのかもしれない……なんて。どれだけ距離が離れていても、私のことを誠実に、ひたむきに、一心不乱に、大切にしてくれるんじゃないかなって。

『うん』って言っちゃおうかな。『ごめんなさい。全部嘘なんです。本当は上京するだけなんです』って、それで『遠距離恋愛になるけれども大丈夫ですか?』なんて確認をして、きちんと日輪くんと向き合ってみようかな。

「悔しいよ、満作さん!」日輪くんは涙でかすかに声を震わせながら言った。「こんなことになるなんて、本当に悔しいよ」

私もどうしたらいいか、わからなくなってきたよ。日輪くん。

「せっかく……」日輪くんは言う。「せっかく青森に行く前に、満作さんと気持ちを通わせることができたっていうのに」

「えっ?」その言葉に、私はぴくりと体を震わせる。「……あ、青森?」

「え? あっ、ああそうなんだよ。満作さんには言いそびれてたね」日輪くんは言う。「僕、実は高校を卒業したら青森の大学で農業の勉強をするつもりだったんだ。でも、ここから青森ならそこまでの距離でもないし、何ら障害にはならないと思ってたんだ。でも……まさか満作さんが魔法界に行ってしまうだなんて」

私は大きく息を吐くと、心の中で頷いた。

これで決心がついた。

私は日輪くんはてっきり地元の大学に進学するものだとばかり思っていた。ここから東京だったのなら、距離としては十分に離れているけれども、それでも決して頻繁に会えないような距離じゃない。お兄ちゃんみたいに、無理に無理を重ねれば会い続けることもできる。だけれども青森となると……なるほどな。端《はな》から無理だったのだ。

私はようやく心が固まると同時に、しかし強烈な胸の痛みを覚える。

あぁ……どうしてこんなことになっちゃったんだろう。どうして自由に恋もできなくなっちゃったんだろう。小学生のときだって中学生のときだって、気になる男子はいた。私は結局そういう人たちに想いを伝えることはできなかったけれども、でももしお互いの気持ちさえ合致することがあれば、恋人になることなんて何ら問題のない出来事のように思っていた。

でも、現実は――あるいは成長した今は違うのだ。それぞれに『想い』以外の余分な事情がバックパックみたいにどっしりと積み重なっていて、それによってすっかり押し潰されてしまっている。きっと今後の人生、こんなことばかりなのだ。恋に限らず、距離に限らず、何かしらの障害が、常に待ち受け続けているのだ。『想い』よりもずっと大きな『不条理』として。

あぁ、こんなことなら……。

「もっと早く……」私は泣いていた。「もっと早くに、日輪くんのことを好きになっていればよかったよ」

「僕もだよ――」日輪くんも泣いている。「僕ももっと早く満作さんにこの気持ちをぶつけていればよかったんだ!」

私は事前に確認しておいた位置を改めて目視してから、右足を上げる。そして何もない空中に向かって、一歩を踏み出した。目には見えないけれども、そこには確かな異物感があった。私はそんな『見えない階段』の強度を信じて、思い切って階段の一段目に両足を乗せる。光の屈折率を巧みに調整してつくりだされた『ネオアクリルピュア』でできた階段は、確かな強度で私のことを支えてくれていた。

日輪くんは空中に足を預けている私の姿を、それこそ『魔法』を目《ま》の当たりにしているような表情で呆然と見つめている。

「それは……」

「これはね」私は言う。「魔法界へと続く魔法の階段なの。目には見えないし、一般の人間が上るととっても危険だから、日輪くんはこっちに近づいちゃダメだよ」

「ひょっとして、も、もう魔法界に出発しようとしてるの？」

私は頷いた。「時間が、あんまりないから」

「ちょ、ちょっと待ってよ！」

日輪くんは取り乱したように鞄の中を漁《あさ》り始めた。

「せ、せめて……せめて僕にも何かプレゼントをさせてよ！　満作さんに貰ったハンカチの代わりに、何か……何か！」

「なら……」私は日輪くんの鞄についていた『ひのぼん』のキーホルダーを指さした。「それを、貰ってもいいかな？」

「これ？」

「うん」

「こんなのでいいの？」

「うん」私は微笑《ほほえ》んでみせる。「日の下町のマスコットキャラクターだったら、東《とう》きょ……間違えた……魔法界の首都『トキオ』に行っても、見る度に日輪くんのこととか、地元のこととか思い出せそうだし。ダメかな？」

日輪くんは大きく首を横に振った。「構わないよ。でもこれ、僕が一年生のときから鞄につけていたものだから、もうボロボロだよ？　それでもいいの？」

「もちろん」

日輪くんは手が震えていたのか、キーホルダーを外すのに随分と手間取った挙句《あげく》、それを地面に落としてしまった。私は慌ててアクリル階段の一段目から降りると、コンクリートの上に落ちた『ひのぼん』と、どうやら外すときの衝撃で取れてしまった『ひのぼん』のパーツの一部を拾い上げた。日輪くんの申告どおり、確かに随分と傷《いた》んでいたようだ。

でもそんな傷み方も、今は何だかとっても愛《いと》おしい。

「じゃあもらっていくね……日輪くん」

日輪くんは何かに耐えるように、そっと小さく頷いてみせた。「最後に一つだけ、僕からもお願いをしていいかな？」

「なに？」

「ちょっとだけ……」日輪くんはそっと言葉を紡ぐ。「本当に、ほんのちょっとだけ、抱きしめさせてはもらえないかな？」

私が目配せのように軽く、緩やかに頷くと、日輪くんは私のことをぎゅっと抱きしめた。無骨で、不慣れで、歪《いびつ》なハグだったけれども、私には何より温かく、そして優しいハグに思われた。

「……ごめんね、日輪くん。嘘みたいに聞こえるかもしれないけれど、本当に日輪くんのことは好きだったよ。魔法界に行っても、絶対に日輪くんのことは忘れないから……。だから、日輪くんも青森で頑張ってね」

「満作さんこそ、元気でいてね。戦争には、絶対に巻き込まれないで」

「大丈夫。私の家、本当に丈夫だからさ……。じゃあ、行ってきます」

日輪くんがするりと両手の力を緩めると、私は深々とお辞儀をしてから一息に階段を駆け上った。私はあっと言う間に建物二階分程度の高さまで上昇。そこからは段差のない水平なアクリル板の上を駆けて行く。

日輪くんの方は、振り向けなかった。

振り向けなかったけれども、きっと日輪くんの目には、私の姿はまるで空を走っているように映ったに違いない。それは文字どおり、魔法のように、日輪くんと私の別れを象徴的に演出してくれた。

アクリル階段の先は工場の二階部分——外廊下に繋がっている。私は外廊下まで到達すると、そのままコンクリート製の床の上に膝をついて倒れこんだ。アクリル板の先で待機していた立川さんが、私の背中にそっと毛布をかけてくれる。

「お疲れ様でした」

私は嗚咽《おえつ》を漏らしながらお礼の言葉を告げた。「きょ、協力していただき、ほ、本当にありがとうございました」

「満作さんの娘さんのお願いじゃ、私も断れないですよ」立川さんは私を慰めるように温かい笑みを浮かべる。「こんなに素敵で切ない『ネオアクリルピュア』の使い方、私どもには想像もつきませんでした。こちらこそ、ありがとうございました」

私はそれからしばらく声を殺して泣き続けた。

日輪くんの温《ぬく》もりを忘れないように、日輪くんの優しさを忘れないように、日輪くんについてしまった嘘を忘れないように、

魔法が、解けてしまわないように。

――――

※　※　※

「佳奈ぶん、今までありがとうね」

自宅までお見送りに来てくれた佳奈ぶんに対して、私は最後のお礼を告げる。

玄関の前で待機しているタクシーのエンジン音は、どことなく私のことを急《せ》かしている
ようにも聞こえた。いよいよこの町ともお別れ。東京での一人暮らしが始まるのだ。

「まっ、せいぜい元気にやりなさいな。友達ができないようだったら、電話で泣き言くらいは聞いてあげるからさ」

「ありがとう。東京で美味《おい》しいものを見つけたら、すぐに送るね」

「それは悪くない提案だね……ん？」佳奈ぶんは何か気になるものでも見つけたように、私の鞄をじっと見つめた。「その『ひのぼん』、あの男の人から貰ったやつ？」

「そう」私は頷くと、日輪くんから貰った『ひのぼん』を改めて確認する。

「そんなに綺麗だったっけ？」

「ううん」私は少しだけ得意げな顔で言う。「もっと傷んでたよ。ボロボロで中身の綿とかも少し飛び出しちゃってたからさ、縫い直したの。自分でね」

「さすが嫌々ながらの裁縫部員」

「あはは。まさかこんなところで役に立つとは思わなかったよ」

「まっ、あの男のことは忘れて、さっさと東京でバラ色のキャンパスライフとやらを送るがいいさ」

「うん。そうさせてもらうよ」

——なぁんて言いながらも、私はほとんど確信しているのだ。

きっとそんなことはできないな、って。

きっと二度とあんなに、ときめく想いはできないんだ、って。

日輪くんの言うとおり、恋はときに戦争であり、そして恋は魔法そのものでもあったのだ。

私は東京に行く。東京ではきっと新たに色々な人に出会うだろう。ひょっとすると素敵な人と恋に落ちることが、できるかもしれない。でも絶対に……絶対に。私は忘れることなどできないのだ。日輪くんのことを、あの気持ちのことを、日の下町のことを、そして何より――

私が魔法使いだった、日々のことを。

第二話

真偽不明のフラーテーション

放課後。

まっすぐに漆原《うるしばら》博士のところへ向かおうかとも思ったが、一度コンビニに寄ることにした。差し入れに温かい缶コーヒーでも買って行ってあげようではないか。ああいう性格の人だから、きっとろくに飲食もしていないに違いない（ひょっとすると、この寒さに凍死している可能性だってある）。

僕はここ数日のハッピーな気持ちを体現するように、コンビニのビニール袋をるんるんと揺らしながら漆原博士の住むボロアパートへと向かう。すると、一人暮らしであるはずの漆原博士の部屋から何やらぞろぞろと人が出てくるではないか。はて、漆原博士の知り合いなのだろうか。身長も体型もバラエティに富んだスーツ姿の四人組は、脆弱《ぜいじゃく》な木製の玄関扉に向かって一礼をすると、すたすたとどこかへと消えていった。一体何者だったのだろう。あの世捨て人的な漆原博士に知り合いが多いとはとても思えないのだが。

僕が訝《いぶか》しい気持ちを胸に漆原博士の部屋のチャイムを押すと、いくらもしないうちに白衣姿の漆原博士は玄関扉を開けた。

「おうおう！　学校帰りにわざわざすまないね賢二《けんじ》くん。ささ上がりたまえ」

漆原博士は工具やら電子部品が散乱した（半ばロボットのコックピットのような）室内をかき分けるようにして進んでいくと、部屋の隅に申しわけ程度に設置されたスツールの上に僕を座らせた。漆原博士はおそらく三十そこそこくらいなのだろうが、目元口元に深い皺が寄っているせいで、それなりの年齢に見える。

「いやはや、この間は助かったよ」

「とんでもないですよ」僕はそう言うと、まだ温かい缶コーヒーを博士に差し出した。

「おうおう。重ね重ねすまないね。機器を傷めたくないから真冬でも暖房はしない主義でね。こういった暖の取れる差し入れは助かるよ。賢二くんはまだ高校生だというのに随分と気が回る。……ときに賢二くん、何やら嬉しそうな顔をして、いいことでもあったのかい？」

「あっ、いや。わかりますかね」僕は頰を緩ませながら頭を搔いてみせる。「実は……そのですね、先日、人生初の彼女ができまして」

「ほほう。そりゃめでたい」

「いえいえ。ところで、さっき部屋から出てきたスーツ姿の四人組は何者です？」

「あぁ、彼らか、彼らは日の下警察署の警察官だよ」

「警察？　ひょっとして漆原博士、アダルトビデオの無断複製でもやってたんですか？」

「す、するもんか。というか、何でよりによってそんな恥ずかしい罪だと踏んだんだね？　こちとら孤高の天才科学者だよ？　疑うにしてもせめてもっとマッドな罪だと踏んでほしいものだよ。人体実験とか、殺人ウィルスの培養とか——やってないけどな」

「じゃあ、どうして警察が来てたんですか？」

「視察？」

「視察だよ」

「遂に完成したんだよ……君にも協力してもらった、かのロボットがね」

するると博士は実験台らしきものの上にかかっていた白い布を勢いよく剝《は》がしてみせた。

「これだ」

「おぉ！」

そこには驚くべきことに、ほとんど人間の女性にしか見えないリアルなロボットが寝かされていた。皮膚の質感も、瞳の輝き方も、まさしく人間のそれとしか言いようがない。今にも起き上がってこちらに声をかけてきそうなほどのリアルさだ。ロボットという言葉から連想されるメカメカしさみたいなものはどこにもなく、むしろ造形はどこまでも有機的。あまり長時間見つめていると、いっそこちらが緊張してしまいそうになるほどのクオリティだ。

そんなロボットは博士の趣味なのかどうかは知らないが、金髪の北欧美人風で、シンプルな白の下着を着用させられていた。

「これが失敗を重ねに重ね続けてようやく完成した三体のロボットのうちの一つ、『774号』の本体だ。すでに何度か稼働実験をして、町内を歩き回らせたこともある。『775号』『776号』にいたってはすでに稼働済みだ」

「そこまでいったのなら、いっそ『777号』を作りたかったですね」

「……うむ。そこはかとないキリの悪さのようなものは、自分でも理解しているよ。いっそ縁起が悪いとさえ思う」博士はバツが悪そうにしばらく黙りこんだ。「まぁ、とにかくあれだ。このロボットに、先日君に紹介してもらった女の子の『声』と『性格データ』をインプットしてあるんだ」

「おぉ」僕は声を上げる。「どうでしたあの子？　優しくて頼り甲斐があるし、とってもいい子だったでしょ？　声も可愛い方だし」

「そうそう。声も可愛かったし、性格も非常によかったよ。君の紹介どおり『いい感じにおせっかい焼きで、いい感じにしっかりした』女の子だった。ほとんど私の理想どおりだ。いやはや文句なしだよ。……と、そんなわけでこのハイパワーロボットの開発進捗《しんちょく》を確認するために警察が視察に来たのだよ。稼働確認ができ次第、さっきの警察四人とこれらのロボットを合わせて戦隊ヒーロー的な警察部隊を組織するらしくてね」

「……戦隊ヒーロー？」

「町興《まちおこ》しの一環らしい。日の下町も一部の工業製品と、若者に人気の『ひのぼん』……それから、何て言ったっけね、数年前に誘致に成功した信号のない円形の交差点――」

「ラウンドアバウト」

博士はそれだと言いたげに頷いた。「それくらいしか、実質取《と》り柄《え》もないからね。『日の下町を守る戦隊ヒーロー警察（ロボットもいるよ！）』的な感じで、人気取りを狙っているらしい」

「へぇ……で、実際のところ、このロボットは警察官としては活躍できそうなんですか？」

「馬鹿にしてもらっちゃ困る。パワーもスピードも人間とは桁違《けたちが》い。人の繊細な感情も理解し、犯人を泣き落とすることだってできるに違いない。素晴らしいロボットだよ」

「北欧美人が、ですか」

「北欧は素晴らしいね」博士はパンと一つ手を打った。「そうだそうだ。賢二くんを呼んだのは他でもない、君にお礼を渡そうと思ってたんだ」

「そんな、お礼だなんて」

「いやいや、君があの女の子を紹介してくれなかったら、このロボットの完成はなかったんだ。ぜひともお礼をさせてくれ。さてさて、どこに置いといたんだっけな……あらほらら、と」

博士は散らかっている奥の作業台を漁ると、大きな紙袋を取り出した。そしてそれを袋ごと僕へと渡す。

「何ですかこれ?」

「取り出してみたまえ」

僕はおもむろに中身を取り出してみる。それなりの重さを右手に感じながら持ち上げてみると、現れたのは——市松人形だった。

「うおっ‼」思わず落としそうになるも、すんでのところで留まる。「な、なんですかこの徐々に髪が伸びていきそうな不気味な市松人形は? ちょっと怖いじゃないですか」

「大丈夫大丈夫。髪が伸びたら定期的にカットしてあげれば問題ないから」

「伸びることは伸びるんじゃないですか‼」

「それが嫌なら『髪が伸びるシステム』をオフにしてしまえばいいだけのことだよ」

「仕様なんですか⁉ 何でそんな謎のシステムを……」

「そういうシステムを搭載《とうさい》しておかないと、万が一本当に霊的なエネルギーによって髪が伸びてしまったときに、ものすごく怖い思いをするだろうが」

「どんな保険のかけ方なんですか……」

エフンエフンと博士は咳払いをする。「とにかく、それは市松人形型嘘発見器の『小百《さゆ》合《り》』だ」

「さ、小百合？……で、嘘発見器と？」

「いかにも」博士は頷く。「それは日の下町一番の人形職人『三代目芙蓉仁斎《ふようじんさい》』につくってもらった最高級の人形なのだが、私が一度中身をすべてくり抜いて最新鋭の嘘発見システムを埋め込んだんだ」

「職人もまさか中身をくり抜かれるとは思ってなかったでしょうね。まぁ、いいや。どうやって使うんです？」

「簡単だよ。試しに小百合に向かって何か嘘を言ってみなさい」

僕は少しだけ考えると、小百合と名付けられた市松人形に向かって言葉をかけてみる。

「僕は、彼女のいないロンリーボーイです」

「コノ人ハ、嘘ヲツイテイマス‼」

「おおっ‼」僕は思わず驚きの声を上げる。「これ、すごいですよ博士。確かに嘘を見破ってきますね」

「うむ。少しばかり賢二くんの幸せアピールが入ってしまったが、まぁ、とにかくそういうことだよ。どんな嘘でもすぐに見破り、音声によってそれを知らせてくれるんだ。機械の合成音だから、少しばかり発音は歪だがね」

「あれ？」僕は紙袋の中にもう一つ、切手大の電子チップのようなものを発見する。「これは何ですか博士？　ひょっとして小百合のパーツが取れちゃったんじゃないですか？」

博士は僕の手に握られたチップを確認すると首を横に振った。「あぁ、大丈夫。それは小百合とはまったくの別物で、それも小型の嘘発見器なのだよ」

「これも……ですか？」

「それは小百合よりも高性能で『嘘をついているか否か』だけではなく、『嘘である発言』と『真実』が両方共に明確にわかってしまう代物なのだよ。例えば『嘘：僕は、彼女のいないロンリーボーイです』『真実：僕は、○○さんという女性と交際しています』てな感じでね。しかもそうして抽出された嘘データはなんと君の携帯宛にメールで送付されることになっている」

「へぇ、こっちの方が小百合よりも断然いいじゃないですか」

「でも小型化を進めたばっかりにデータ解析に時間がかかってしまってね、嘘をついてから二十日程度は携帯してもらわないと演算ができないんだよ。その人のパーソナルデータの採取が必要なものでね」

「えぇ……じゃあ、小百合の方がリアルタイムでいいですね」

「まぁ、ケースバイケースだね。いずれにしてもどちらも君にプレゼントしてあげるから、好きに有効活用しなさい。小百合を使って探偵ごっこなんて、楽しいかもしれないね」

僕は漆原博士に別れの挨拶を告げると、アパートの外へと飛び出した。小百合は見た目にインパクトがあり過ぎるので紙袋に入れておきたかったのだが、『小百合は衝撃に弱いから、できれば大事に抱えて持って帰って欲しい』という博士からのお願いにより両手に抱えたまま持ち帰ることになってしまった。ちょうど新生児くらいのサイズ感の市松人形を抱きかかえながら歩く僕はなかなかの『上級者』であるような雰囲気を思わせたのか、すれ違う人々からは一様に対犯罪者的な視線で見つめられた。

しかしそんな辱《はずかし》めによる精神的ダメージを補って余りあるほどにいいものを貰えたのではないだろうか。去年の夏祭りで変態扱いされていた博士を助けてあげたのが出会いのきっかけではあったが、いつからかこんなプレゼントをしてもらえるまでの関係になることができた。ありがたい限りだ。

僕はこのまま家に帰ってしまおうかとも思ったが、ふと先ほど博士に言われた『探偵ごっこ』という言葉を思い出し、足を止めた。小百合を使って探偵ごっこ。なるほど、悪くないな。

小さい頃から名探偵的なものに興味がなかったといえば嘘になるし、ズバッと何かを解決するところに男のロマンを感じるというのも否めない事実だ。小百合があれば、きっと事件の一つや二つ、バッチリと解決できるだろう。

そうと決まれば事件が欲しい。僕は唸った。受験も無事に終わって勉強をする必要もないし、空いた時間を有意義に活用するのはいいことだ。探偵をしよう。僕の足は元いた学校の方へと向かう。放課後の学校といえば何かしらのトラブルがつきものというものだ。間違いない。

僕の中に流れる名探偵ワトソンの血が騒ぐ。ん、名探偵ワトソン……で合ってるよな？　名探偵ワトソン……あれ、違ったかな？　誰だったか……まぁ、いいや。

そんなことを考えているうちに学校に到着。ひとまずは自分の教室でも目指そうと昇降口から校内に進入すると、渡りに船とでも言うべきか。下駄箱の前で言い争いをしているカップルを発見した。

上履きの色から判断するに三年生であるのだが、僕のクラスメイトではない。どうやら別のクラスの生徒らしい。取り分け女子生徒の方が大声で男子生徒にまくしたてていた。男子生徒も何か告げようと口を開くのだが、すぐに女子生徒の大声にかき消され言葉を飲んでしまう。

僕は学校鞄をすのこの上に置くと上履きに履き替える。それから小百合を抱きかかえたままカップルへと近づいていくと、なるべく探偵っぽい声を意識して尋ねてみる。

「こんにちは。何かお困りですかな？」

すると女子生徒はこちらを振り向いた。「うっるさいわねぇ、今取り込んでる最中な気持ち悪っ‼　何その日本人形⁉」

「彼女は僕の助手で嘘発見器の『小百合』。僕は探偵のワトソンだ」――「コノ人ハ、嘘ヲツイテイマス‼」――「……そう、小百合はこんな感じで嘘を見事に見破るんだ。本当は、僕はただの三年生だ。さっき探偵を名乗ることに決めた」

「前衛的な性癖を持っている変態にしか見えないのだけれど……」

「失敬な。小百合の実力は本物だ。僕は正真正銘、たった今から探偵だよ」

「いい機会じゃないか、翔子《しょうこ》」と言ったのは、言い争いをしていた男子生徒の方であった。「できればワトソンじゃない方が来てくれたらよかったんだけど、この際贅沢《ぜいたく》を言ってもいられないし、探偵をしてくれるって言うのならお願いしてみよう。ひょっとすると、その嘘発見器でこの奇妙な事件を解決できるかもしれないじゃないか」

「……奇妙？」と女子生徒は男子生徒に向かって凄んだ。「今なに？　あなた今私に向かって『奇妙な事件』って言ったの？」

「そ、そうだよ……だって、奇妙じゃないか！」

「よくも抜け抜けと言えたわね……この人でなしがぁ！」

これこれ落ち着きなさい。みたいなことを言って僕は二人をどうにか落ち着かせると、その『奇妙な事件』とやらの全貌を聞くことにした。何かしらの事件を求めていた僕にとって『奇妙な』なんて煽《あお》り文句がつく難事件の登場は願ったり叶ったりだ。これは腕が鳴る。僕が名前を尋ねると、女子生徒は『千鳥《ちどり》翔子』さん、男子生徒は『菊池《きくち》正《ただし》』くんと名乗った。どうやら二人は交際中のカップルであるらしい。

「それで」と僕は尋ねる。「事件のあらましを教えてくれるかな」

すると翔子さんは僕を値踏みするように懐疑心たっぷりの視線をしばらくこちらに向けると、現国の教科書を音読するみたいに無機的に言葉を紡いだ。

「私は昨日、夕飯にハンバーグを食べました。そして午後十時頃に眠りに就きました」

「コノ人ハ、嘘ヲツイテイマス!!」

「昨日食べたハンバーグは、とても不味《まず》かったです」

「コノ人ハ、嘘ヲツイテイマス!!」

「ど、どうしたんだね突然？」

「……確かめたのよ」と翔子さんは視線をわずかに泳がせながら言った。「その嘘発見器が、きちんと嘘を見破れるのかどうか」

「……う、うむ。なるほど」なかなかどうして用心深い女性だ。「それで、小百合の実力は理解してもらえたかな？」

「……そうね。よくわかった。どうやら、信用に足る嘘発見器のようね。その人形ならきっと、この男の『浮気』を暴いてくれるに違いないと思うわ」

「浮気？」僕は改めて事件のあらましを説明するように要求した。すると今度は正くんの方が口を開いた。

「恥ずかしい話なんだが、そう……そうなんだ。話の争点は俺が浮気したのかどうかにあるんだ」正くんは苦い顔をつくる。「どうやら昨日の夜、翔子の友人が、俺が槿《むくげ》紗也加《さやか》さんという女子生徒と共にラブホテルに入っていくところを目撃したらしいんだ」

「槿紗也加さん？　僕のクラスメイトじゃないか」

槿さんとはあんまり会話をしたこともないが、常に瞳をうるうるさせているような小柄の小動物系黒髪美少女であったと記憶している（美少女といっても、僕の彼女の方が数倍は可愛いが）。

「まぁ、いい」僕は言う。「それでどうなんだね正くん。単刀直入に訊こうか。君は浮気したのかね？　それとも、していないのかね？」

「も、もちろん、浮気なんてしていない！　やましいことなんてこれっぽっちもないんだ！」

［コノ人ハ、嘘ヲツイテイマス‼］

僕はため息をつくと、校舎の天井を仰いでみせた。

それからゆっくりと頷いた。「事件――」ふーっと息を吐く。「解決のようだね」

「ま、待ってくれって‼」正くんは慌てて僕の肩を揺する。「違うんだよ‼　これには何か、おかしな力が働いているんだよ！」

「一人の女性を愛し続ける。それはとても簡単なようでいて、しかしその実とても難しいことだ。愛は渡り鳥のように移ろいやすく、流水《りゅうすい》のように淀みない。だがしかしそんな『愛』を巧みに手懐《てなず》けてこその――」

「待ってくれって‼　なに事件解決後のまとめっぽいこと始めてんだよ⁉　まだ事件は終わってないんだよ名探偵ワトソン！」

「終わっただろうが、この浮気男め‼　何も奇妙なことなんてない、ただの君の浮気じゃないか。このワトソンは『核戦争』の次に『浮気』が嫌いなんだよ。君みたいな浮ついたゴミ人間は、完膚《かんぷ》なきまでに駆逐する。それがこの地獄の傀儡《くぐつ》人形探偵ワトソンの流儀なのだよ！」

「ワトソンそんなキャラじゃねぇから！　そもそも探偵ですらないし。……と、とにかく聞いてくれって！」

正くんはそう言うと、咳払いを挟んでからゆっくりと事情を話し始めた。

「た、確かに浮気……というか、やましいことは、本当に、本当にほんの少しだけあったんだ。それは認めざるを得ない……でも、それはほとんど、何と言うのかな、こう、奥多摩《おくたま》のことを都内と呼んでみるようなことであって、実態と現実の間にはだいぶ――」ごによごによとしばらく情けない言いわけを連ねるも、はたと自分の見苦しさに気づいたのか再び咳払いを挟んだ。「と、とにかく事件の全貌を話すから聞いてくれワトソン。この事件はやっぱり少しばかり『奇妙』なんだよ！」

僕は自らの中に存在する『仏《ほとけ》』の部分を最大限に発揮し、しぶしぶ頷いた。

正くんはお辞儀をしてから話を始める。「槿さんから最初のメールが届いたのは、先週の火曜日のことだった。俺はそのときちょうど『とある催し物』を計画していて、そのプランを練り練りするためにスマホをいじっていたんだ。それでトップ画面に貼り付けてあるフォルダを開こうとしたところ、アドレスを教えた覚えもない、くだんの槿紗也加さんからメールが来た。しっかりと文面を覚えてはいないけれど、確か『菊池くんのことがずっと好きでした。仲よくしてくれませんか？』的な内容だったと思う。それから俺たちは、メールのやりとりを重ねるようになったんだ。ただ――ワトソンも槿さんとクラスメイトならわかるかもしれないけれど――槿さんはティッシュペーパーのことをハンカチと呼んでしまうほどに貧乏な女の子だから、スマホはもちろんガラケーも持っていなかったんだ。だから槿さんは日の下公民館に設置されている無料パソコンからヤフーメールを使って俺にメールを送ってくれていたんだ。そのせいもあって、俺と槿さんのメールのやりとりは決して頻繁に行われはしなかったんだが……まぁこの辺は醜い言いわけだ。とにかくそうして断続的にやりとりを重ねているうちに、槿さんはとうとう『二十二日の日曜日、一緒に遊んでくれませんか？　ホテルに行ってもいいですよ』的なメールを送ってきたんだ。俺は動揺したし、会うべきか否かずいぶんと迷った。だけれども、結局は槿さんに会いに行くことに決めてしまった。俺は……弱かった。約束の当日。会ってしばらくすると案の定、槿さんは『ホテルに行こう』と誘ってきたんだ。でも……でもだ。俺たちは結局ホテルには行かなかった。そもそもあの日は、ホテル街に近づくことすらできなかったんだ」

「ホテル街に近づけなかった？」僕は尋ねる。「どういう意味だね。交通整理でもやっていたというのかね？」

「いや、『とある金持ちがホテル街一帯を借り切ってしまったため、ホテル街は全面立ち入り禁止』になっていたんだ」

「はぁ？　何だそのミステリを書き慣れていない三流作家が思いついたような酷いアリバイは。嘘をつくならもう少しマシな嘘を――」とまで言ったところで、僕は思い直す。

「小百合が……反応しないぞ」

正くんは救いを得たとでも言いたげに力なく微笑んだ。「これはマジなんだ。嘘はついていない。本当にあの日、ラブホテル街は進入禁止で入れなかったんだ。……だから、翔子の友人の発言はちょっとおかしいんだ。『俺と槿さんがラブホテルに入るところを見た』なんて……そんなことは絶対にあり得ないはずなんだ！」

ふむ、なるほど。正くんの言い分はひとまず相《あい》わかった。

「翔子さん」僕は、憮然とした表情で腕を組んでいた翔子さんに向き直った。「正くんはこう言っているんだが、実際のところどうなのかな？」

翔子さんは少しばかり口をもごもごとさせると、何やら不機嫌そうに声を絞り出す。

「し……知らないわよ！　友達がそう言ってたんだもの！」

［コノ人ハ、嘘ヲツイテイマス!!］

なぬっ!?

小百合の告発に、翔子さんも『しまった』と言わんばかりに顔を歪めた。

僕は翔子さんが嘘をついていたという事実に驚くと同時に、しかし慎重に思考を整理していく。僕の頭はそこまで素早く、明晰《めいせき》に働いてくれはしない。

1．翔子さんは友人からの証言により、正くんが浮気したことを知ったと言っていた。

2．事実として、正くんは浮気をしていた。

3．しかしながら翔子さんが正くんの浮気情報を『友達から入手した』という点は『嘘』であることが判明した。

「なるほど」僕は頷く。「……つまり翔子さんは『友達伝い』ではなく、何かしら別ルートの情報により正くんの浮気を察知したはずだ、と、そういうことになるのか……ＯＫ。なら大して難しい問題でもない。翔子さん、悪いがどうして正くんが浮気をしていることに気がついたのか、その方法を教えてはくれないだろうか。それさえ判明すれば、正くんもおとなしく少年院に行くと言っているんだ」

「い、言ってねぇよ‼」正くんは翔子さんに向き直る。「翔子……少しばかり浮ついたことをしてしまったのは事実だ、本当にすまない。でも俺は、心の底から翔子のことを愛してるんだよ。翔子のことが大好きなんだ。調子のいいことを言っているようだけど、俺は今回の件をきっかけに翔子と別れたくなんてない。……だから翔子。お願いだから真実を話してくれ」

「……うるさいわねぇ」と翔子さんは腹立たしそうに言った。「方法なんてどうでもいいでしょ。あなたが浮気してたことは変わらない事実なんだから。もう私はあなたにこれっぽっちの愛情も覚えていないの。ごめんなさいね。やり直すことなんてできないわ」

「しょ……翔子」正くんは腰が砕けたように膝立ちの体勢になり、一筋の涙をこぼした。「俺たちはまだやり直せるんだ……すべては、すべては悲しい誤解なんだよ。……本当に俺は、ほとんど浮気らしい浮気は何もしてないんだ。ちょっと槿さんに無理やりアレを、アレされただけで……これを浮気と言ってしまうのは、さながらイトーヨーカドーのことを百貨店と呼んでみるようなそこはかとない違和感があって——」

「あぁもう、うるさいっ！」翔子さんは吐き捨てるように言うと、すたすたと下駄箱に向かって歩き出した。「とにかく、もうこれ以上話すことなんてないから。さよなら」

「ま、待ってくれ翔子！」

正くんの悲痛な叫びも届かず、翔子さんは振り向きもしないで歩いていったのだが、ふいに何か——白いメモ用紙のようなものが——翔子さんの学生鞄の隙間からひらひらと舞い落ちてきたことを、僕は見逃さなかった。

「失礼」僕は言うと、素早く翔子さんの足元に舞い落ちた一枚のメモ用紙を拾い上げる。それからそこに認《したた》められた文章に目を通した。

一読。

僕はすべてを理解し、ふむと大きく唸った。

翔子さんは自分の失態に気づいたようにすっと息を止めると、何かを誤魔化すようにそっぽを向く。

「正くん」僕は言った。「どうやら、この事件も解決のようだよ」

「な、なんだって?」

僕は重たくため息をつくと、正くんにメモ用紙を手渡した。

「翔子さんも最後の最後に痛恨のミスを犯した……そういうわけだ」

「こ、これはいったい……いや、こ、こんなの嘘だ」

「真実さ」僕は胸ポケットにしまっていたパイプを取り出し、ぷかーと一服たばこを吹かしてみせ——たかったのだがもちろんそんなことはできないので、エアーでポーズだけを真似ておいた。

先のメモ用紙には、いかにも女性らしい柔らかい筆致で文章が認められていた。

菊池正くん。はじめまして、A組の槿紗也加です。

気づいてなかったと思いますが、ずっと菊池くんのことが気になっていました。

もしよかったら、これからメールのやりとりだけでもしてもらえると嬉しいです。

お返事待ってます。


sayaka_mukuge@yahoo.co.jp

「おそらくこれは」僕は言う。「先ほど正くんが話していた、槿紗也加さんが正くんに送ってきたメールの文面ということになるのだろうね」

正くんは黙って頷いた。

「つまり、真相はこういうことだったのだよ」僕は（エアー）パイプ片手に小百合を抱き直すと、二人の間を名探偵的歩調でゆっくりと闊歩《かっぽ》してみる。「翔子さんは、友人から正くんと槿さんの逢瀬《おうせ》を目撃したという情報を得たわけではなかった。……そうではなく、何らかの拍子に正くんのスマートフォンを盗み見てしまったのだよ。そしてメールの履歴から正くんが浮気していることを知り、慌てて証拠を残しておこうとメールの文面をメモした……それが、そのメモというわけだ。しかしながら、正くんが浮気しているという事実を摑みはしたものの、このままでは正くんを追及することができないことに気がついた。なぜなら翔子さんの方にも『スマホを勝手に盗み見てしまった』という落ち度があるからだ。もしこのまま追及を始めようものなら、『勝手にスマホを見てんじゃねぇよ』という水かけ論にも発展しかねない……。そこで翔子さんは正くんと槿さんがホテルに行く約束を取り付けているメールを見て、カマをかけることにした。『私の友人が、あの日、二人がラブホテルに入っていくところを見たと言っているのよ』と……」

おっ。何だか今ものすごく探偵っぽいことしているぞと、当初の目的が達成されつつある満足感を噛み締めながら、僕は難しい顔を作ってみせた。それから翔子さんに向かって尋ねる。

「翔子さん。間違いはないですね？」

すると翔子さんは、不本意そうな表情ながら小さく頷いた。

「い、いや、そんなはずはない」正くんは首を振る。「そ、そもそも俺のスマホにはロックがかかってたはずだ」

「毎日のように――」と翔子さんは乾いた声で言う。「あなたは私の横でスマホをいじっていたのよ？　パスワードを覗きこむことくらい造作もないでしょ」

「確かに、そうかもしれないな」僕は頷く。

「まぁ、そうね」と言うと、翔子さんは開き直ったように深く息を吐いた。「スマホを勝手に見たことは、本当に悪いことをしたと思ってるわ」

［コノ人ハ、嘘ヲツイテイマス!!］

翔子さんは顔をしかめた。「……ごめんなさい。正直言えばね、浮気をしているような極悪人のスマホを見ることくらい、何ら悪いことだなんて思ってないわよ。それもよりによって、この西ヶ谷《にしがや》高校始まって以来の伝説的ビッチ『娼婦《しょうふ》むくげ』こと槿紗也加と浮気するなんて……。東台《ひがしだい》高校の『チューベローズ貴婦人』こと月下香優里《げっかこうゆり》と並び称される、『日の下町二大ビッチ女子』の片割れじゃない……」

ひ、日の下町二大ビッチ？　なんだその史上最大級に不名誉な称号は。

槿さんとは同じクラスだったというのに、僕はてんでそんな呼称は聞いたことがなかったぞ。あの愛らしい（ちょい貧乏系）美少女の槿さんが、まさかそんな人だったなんて（高校生で娼婦……て）。

「翔子は――」正くんは消え入りそうな声で言葉を紡いだ。「翔子は、俺のスマホを見て……どう思ったんだ？」

「はぁ？」

「どう感じたのか、率直な意見を聞かせてくれよ」

「なにこの期に及んでわけわかんないこと言ってるのよ？」翔子さんは呆れたように舌打ちを放つと、面倒くさそうに言った。「あなたと槿紗也加が浮気しているとわかったときには、もう私のことなんてこれっぽっちも愛してないんだろうなって、そう思ったわよ。

あの見てくれだけは可愛らしい、男好きのするクソ女の虜《とりこ》なんだろうな、って……。これでいいかしら？　とにかくもう、私はあなたとやり直す気なんて、これっぽっちもないから」

正くんはいよいよ魂を完全に抜き取られたように俯くと沈黙した。

なかなかどうして哀愁《あいしゅう》漂《ただよ》う姿ではあるが、何も同情できたことはない。哀れな浮気男の悲しき末路というやつだろう。

「悲しい事件だった」僕は名探偵的今日の総括としてそう言った。「彼女を愛していた彼氏。彼氏を信じていた彼女。二人の関係は、しかしひょんなことから覗き見てしまったスマートフォンによって崩されてしまった。それはさながらたった一本の杭を――」

「待ってくれ……」

僕は思わず口を噤む。

声を出したのは他でもない。かの重罪人、菊池正くんではないか。

正くんはまるで地震にでも耐えているようにふらふらとした様子で立ち上がると、目を閉じたまま右手を突き出してみせた。目の下にはうっすらと涙の筋が残っている。

「この事件……」正くんは涙で声を震わせながら言った。「この事件は……まだ、終わっちゃいない」

「馬鹿を言うのはよしたまえ」僕は思わずたしなめる。「もう全部解決しただろうが、この浮気男が。少しでも自責の念があるのであれば、言いわけを捏ねるのは諦めておとなしく司法の手に身を委ねるんだ。そしてきっと模範囚になるんだぞ」

「いや……。事件はまだ、半分しか終わっていないんだ、ワトスンくん」

「な、何だと!?」ワトソンの発音をよりネイティブに近いものに変えてきたぞ。「て、適当なことを言うんじゃない！　説明できるものなら、説明したまえ！」

「その前に……」正くんは再び涙を流した。「少し、涙の時間をくれはしないだろうか？　この事件の真相は、あまりに悲し過ぎる」

「何を格好つけてるんだ！　そういうのは僕の仕事だ！　ワトソンを脇役みたいにするな！」

正くんはしばらく声を漏らさずにたっぷりの涙をこぼすと、静かに口を開いた。

「ワトスンくん。ときとして万能の道具というものは、人間の思考を大いに鈍らせてしまうものなのだよ。それは強大過ぎる太陽を前にした影が、ほとんど完全な漆黒《しっこく》に染まってしまうのと同じようにね」

「な、何を、知ったようなことを！」ちょっとだけ格好いいセリフ回しじゃないか。「なら、君はいったいこの事件の真相をどう説明するんだね？」

「……ずばり言って」正くんは喉を鳴らしてから言う。「翔子は俺のスマホを盗み見てなどいない」

「な、何を言っているんだ、ホームズ！」あっ、思い出した。「君も確認しただろう？現に翔子さんは槿さんから君に送られてきたメールのメモを持っていたじゃないか？　あれがスマホを見ていた何よりの証拠だ」

「一つ一つ分析していこう」正くんは言う。「仮に、交際相手のメール画面を見てしまったとして、浮気をしていることに気がついたとする。そしてせめてその証拠をメモに残しておこうと思ったとき、ワトスンくん。君は一体どのメールをメモしようとするかね？」

「それはもちろん、明らかに浮気をしているとわかる文言が含まれているメールを選ぶさ」

「当然だ」正くんは人差し指を立てた。「でなければわざわざメモを残す意味がない。……そのことを踏まえた上で今一度、翔子のメモを見てみよう。どう思うかねワトスンくん？」

僕は改めて先ほどのメモに目を通す。「……悪くない証拠に思えるが？」

「そのとおりだワトスンくん」正くんは、これまでの情けないキャラクタはどこへ置いてきたのか、毅然とした態度で言う。「悪くないメールには違いない。槿さんが俺に好意を寄せていることがわかる、一見して浮気の証拠たりうるメールだ。しかし……やはりこれはおかしいのだよ」

「君が何を言いたいのか、僕にはわからないね」僕のセリフも翻訳調に引っ張られている。

「このメールをメモしたことについて不可解な点が二点ほどある。一点目は『このメールでは槿さんの好意は理解できるとしても、俺――つまり「菊池正」の好意は確認できない』ということだ。重要なのはこのメールというよりも、むしろ槿さんが送ってきたこのメールに対して俺がどう返事をしたか、ということであるはずなのだ。今回翔子がメモしたこのメールだけでは、俺が『浮気』をしたと証明するには決定打に欠ける」

「……なるほど」

「第二におかしな点は、翔子がどうしてわざわざ槿さんから届いた『最初の受信メール』をメモしたのかという点だ。メール画面の受信ボックスの中は、通常新しい受信メールから順に並んでいる。ということはつまり、他にももっと証拠として効力を発揮しそうなメールがいくらもあったはずなのだ。例えば、まさしく槿さんが『ホテルに行きませんか?』と誘ってきたメールをメモすることだってできたはずなのだよ。でも、翔子はそうしなかったんだ。そういうわかりやすいメールの数々をとおり越して、わざわざ最初のメールまでスクロールをし続けた」

「……確かにそれは一理あるかもしれない」

ちらりと翔子さんを覗き見てみると、先ほどよりも若干表情が青ざめてきているような印象を覚える。

「だが、小百合の件はどうだというのだね?」僕はホームズ正くんに尋ねる。「小百合は翔子さんが『正くんのスマホを盗み見た』というような発言をしたとき、彼女の発言が嘘であるとは断定しなかった。つまり彼女は嘘をついていないことになる」

「それなのだよ」正くんは、パイプを吹かした(いつの間にかエアーパイプを奪われてしまっていたようだ)。「それこそが今回の事件の最大の『盲点』に他ならない。小百合という最強の味方がついていながら、我々が翔子にまんまと欺かれてしまった最大の原因だ。……思い返してみれば、ワトスンくんが現れてからの翔子の言動は、どこか腑に落ちないものばかりであった」

正くんは目を細めた。

「翔子はおそらくは、君が——もとい小百合という名の『嘘発見器』が登場した瞬間に、俺と槿さんの密会を『友達から聞いた』という嘘を貫き通すことを放棄したんだ。そこで、まずは嘘発見器の性能を試すことにした……。繰り出したのは、『私は昨日、夕飯にハンバーグを食べました。そして午後十時頃に眠りに就きました』と『昨日食べたハンバーグは、とても不味かったです』という不可解な二つの発言」

「確かに……奇妙な発言だった。だが、それが何だと言うのだね」

「一つ目は、小百合が嘘を看破するタイミングを計ったんだ」

「タイミング?」

「そうさ」正くんは言った。「おそらくは翔子にとっての『嘘』は、『昨日、ハンバーグを食べた』という部分だけだったのだよ。『午後十時頃に眠りに就いた』という部分は、『真実』だったんだ。アメリカのセレブたちが大好きな翔子は、マライア・キャリーが十五時間の睡眠をとっているという情報を仕入れてからは必ず夜の十時には就寝するようにしていると言っていた。間違いない。……こうして、嘘と真実をないまぜにして発言することにより、小百合が嘘を看破するのは『嘘をついた瞬間』ではなく、『発言者の発声が中断してから』ということを突き止めたんだ。……一方、二つ目の『昨日食べたハンバーグは、とても不味かったです』に関しては、『二重の嘘』をついた際の処理のされ方を観察したんだ。このセンテンスには『ハンバーグを食べた』という第一の嘘のあとに、『ハンバーグは不味かった』という第二の嘘が存在している。しかしながら二重に虚構が重ねられていても、小百合はただの一度だけ『コノ人ハ、嘘ヲツイテイマス!!』と発言することを、翔子は把握した。そうして小百合の性能を十分に理解すると、翔子はワトスンくんが『俺のスマホを盗み見てしまった』という、ニセの真相に辿り着くように、誘導を始めたんだ」

「ば……馬鹿な。あんな短時間で、そこまでの計算をしたというのかね?」

「馬鹿にしてはいけない。俺の最愛の人である翔子のIQは驚異の100だ。このくらいの算段を瞬時に立てることくらい、造作もないことさ」

うむ。それだとちょうど平均的なIQの持ち主ということになるのだが、まぁ、今は放っておこう。僕はホームズ正くんの仮説に基づいて、先ほどまでの翔子さんの発言を振り返ってみる。

1.「毎日のように、あなたは私の横でスマホをいじっていたのよ？　パスワードを覗きこむことくらい造作もないでしょ」↓小百合反応せず。

2.「スマホを勝手に見たことは、本当に悪いことをしたと思ってるわ」↓「コノ人ハ、嘘ヲツイテイマス!!」

3.「……ごめんなさい。正直言えばね、浮気をしているような極悪人のスマホを見ることくらい、何ら悪いことだなんて思ってないわよ」↓小百合反応せず。

なるほど、確かにこのやりとりならば、決して『スマホを見ていない』という正くんの仮説と矛盾はしない。

「そう考えれば、あの『メモ』を落とすタイミングが絶妙に過ぎるのも納得がいく。あまりにもでき過ぎていた。翔子はあのメモをヒントとしてワトスンくんに託すことにより、我々に『スマホを盗み見たのだ』と錯覚させたかった。そういうことなのだよ」

「馬鹿な……」

「そして何よりの決定打はこれだ」正くんは翔子さんの方は見ずに、ポケットに入れていたスマートフォンをするりと取り出した。「俺のスマホのパスワードは『0318』」

翔子さんの表情がかすかに曇る。

「0318——三月十八日」正くんは徐々にホームズの顔から先ほどまでの物悲しい表情へとシフトしていくと、声にやるせなさを滲ませながら言った。「俺と翔子が、付き合い始めた記念日だ。そして俺は先ほども言ったように、現在『とある催し物』の計画を練りするためにスマートフォンを多用していた。そしてその計画資料をトップ画面に貼り付けていたんだ……。だから、もしロックを解除したとしたら、いの一番に視界に飛び込んでくるのはこのフォルダ——」

正くんは目に涙を浮かべながら、僕と翔子さんに向かってスマートフォンの画面を突き出した。そこには正くんの宣言どおり、確かに大きなフォルダが貼り付けられていた。メールアプリよりも、ブラウザアプリよりも、何よりも目立つ位置に、大きなフォルダが貼り付けられていた。

フォルダの名前は、

——翔子サプライズ計画——

「来《きた》る三月十八日の水曜日……」正くんは洟をすすりながら言葉を紡いだ。「俺たちが付き合ってちょうど二年の記念日に、俺はとっておきのサプライズパーティを企画していたんだ……。それに関する予定や、企画内容を、全部このフォルダに入れて管理していた……。だからもし翔子が俺の携帯を盗み見たのだとしたら、このフォルダに気づかないはずがないんだ。なのに、なのに！　翔子はそのことについて一切何を言うこともしなかった！　どころかスマホを盗み見たときに『もう私のことなんてこれっぽっちも愛してないんだろうな』と思ったとさえ言っていた！」

翔子さんは一瞬だけはっとしたように目を大きくするも、しかしすぐに視線を床へと落とし押し黙った。

「そうだ正くん」僕は思い出すと、真相に近づきつつある正くんに最終兵器の提案をする。「もしよかったらこのチップを使ってくれ。これは小百合よりも更に高性能の嘘発見器なんだ。これを使えば大体二十日程度で、嘘が判明するはずだ」

「そんな装置は必要ないのだよワトスンくん！」正くんは言った。「そんな時間がかかり過ぎるポンコツは、足がくさいことで有名なB組の猪瀬《いのせ》の下駄箱の中にでも放り込んでおくといい」

酷い言われようだ。

「事件の真相は――」正くんは言い切った。「すでに判明している」

「……なんと」僕は唾を飲み込んだ。

「翔子……」正くんはまっすぐに翔子さんの目を見つめながら言った。「できれば自分の口から話してほしい。この『奇妙な事件』の真実を。俺がどうして槿さんにアレをアレされて、浮気っぽいことになっちゃったのか、その真相を……」

翔子さんは何かから逃げるように目を閉じた。そして鬱血《うっけつ》しそうなほどに唇をきつく噛む。

「翔子は俺が浮気したと言った」正くんは畳みかける。「だけれども『友達から聞いた』わけでもなく、『スマホを覗いた』わけでもなかった。なのに、槿さんが俺にはじめて送ってきたメールの文面を知っていた。――いや、正確には、はじめて送ってきたメールの文面『だけ』を知っていたんだ。ここまでくれば、論理的に導き出される可能性はたった一つ。……あのメモは、おそらくメールの文面をメモしたわけじゃなかった。むしろあれは、翔子自身が考えた文章だったんだ。つまりっ――」

「嘘も限界かな」という女性の声は、翔子さんのものではなかった。

慌てて声のした廊下の先を見つめてみると、そこには一人の小柄な女子生徒が立っていた。女子生徒はゆっくりとした足取りでこちらへと歩いてくると、僕らの目の前でぴたりと立ち止まる。すとんと垂らされた美しい黒髪ロングヘアに、清純で、だけれど小悪魔的な雰囲気漂う微笑を浮かべる彼女は――

「……槿さん」正くんは驚いたように言った。「ど、どうしてここに?」

「ずっと陰で見ていたの。二人の――途中から名探偵ワトスンを入れた三人だったけど――やりとりをね。翔子ちゃんに伝えそびれちゃってたことがあったから、早く伝えようと思って……。もっとも、間に合わなかったみたいだけど」あははと、槿さんは可愛らしく笑ってみせる。「翔子ちゃんの代わりに、私が全部説明してあげるね、菊池くん。それから名探偵ワトスンさん」

槿さんはモデルさんがポーズでも決めるように、わずかばかり体を傾けてみせる。彼女ができたばかりの僕としてはなんとも形容しがたいところではあるが、まぁ、一般的に言ってしまってドキッとするような仕草ではあった（あるいはああいうのを女子たちは『ぶりっ子』と呼ぶのかもしれないが）。

「私が菊池くんにメールを送ったのは、翔子ちゃんに頼まれたからなの」

「な、何だとっ!?」と驚いたのは僕だけのようで、正くんは『覚悟はできていた』とでも言いたげに静かな落胆の表情だけを浮かべている。翔子さんは悔しそうに顔を歪ませながら、目を閉じていた。

「翔子ちゃんにお願いされたの、『私の彼氏の菊池正を、誘惑して浮気させて欲しい』ってさ……。だから私は最初のメールの文面だけは翔子ちゃんにつくってもらって、菊池くんとメールのやりとりを始めたの——それが、その『メモ』だね。……そうしてやりとりを重ねていくうちに、私としては『菊池くんは完璧にオチてくれたかな?』って思ったから、いよいよデートに誘ったの。二月二十二日の日曜日。一緒に遊びませんか、ホテルに行ってもいいですよ、って。案の定菊池くんは私のお誘いにOKの返事をくれた。そして私は菊池くんからOKの返事をもらうと同時に、翔子ちゃんにも菊池くんとの待ち合わせの詳細を添えてメールをしたの。『菊池くんは、私とのデートのお誘いに乗ってくれた。ホテルに行く約束も取り付けたよ』って。……もっとも、結局ホテルには行けなかったから、今日はそのことを説明しようと思ってずっと翔子ちゃんに話しかけるタイミングを探してたんだけれどね。でも、結局話しかけられなかった。菊池くんの前で大っぴらに翔子ちゃんに話しかけるわけにはいかなかったしね。私が携帯電話を持っていたら、こっそりメールで教えてあげることもできたんだけれど」

「一体……」正くんは言う。「一体、翔子はどうして……そんなことを槿さんに依頼したんだ」

翔子さんは答える気がなさそうにただ沈黙していた。

「答えてくれよ翔子！」

「別れたかったのよ」翔子さんは正くんの言葉尻に被せるように言った。「あなたと別れたかったの。だから、別れ話を切り出す口実を作るために槿をけしかけた」

「別れ……たかった？」

「あはは」と槿さんは笑う。「翔子ちゃんね、好きな人ができちゃったんだって」

正くんは絶望したように、顔色を三段階ほど悪くした。「……嘘だろ？」

悲しいことに嘘ではなかった。なぜなら、小百合が反応していないのだ。

「……本当よ」翔子さんは喉の奥から声を絞りだした。「好きな人が、できた」

「誰だよ……それって？」

「バイト先で見かけた人よ」と翔子さんは言う。「一目惚れしちゃったの……一瞬で心を奪われた。まさしく稲妻が体を貫いていったような……そんな感覚を味わったの。寝ても覚めても、あの人のことしか考えられなくなっていた。毎日がすべて『あの人』『あの人』『あの人』。あの人にこの気持を伝えたい……そう思っているうちに、あなたのことなんてこれっぽっちも愛せなくなっていた。だから槿にお願いして、あなたを誘惑してもらうことにしたの。綺麗さっぱり、体よく別れるために。あくまであなたの落ち度として、この関係を終わらせるために。同性として槿のことは死ぬほど嫌いだったけど、お金さえある程度渡せば男性絡みのことはなんでも引き受けてくれるから、随分と重宝した」

えぇ？　僕の中での槿さんのイメージがみるみる崩壊していく。なんだよその高校生。

するとあはは、と槿さんがやっぱり上品に、だけれども随分と愛らしく笑った。

「でも、残念だったね翔子ちゃん」槿さんは苦笑いを浮かべて言う。「予想外の出来事が二つも起こっちゃった」

「二つ？」と僕は尋ねる。

「一つはホテルが貸し切られてたこと」と槿さんは言った。「そんなことがあるなんて思いもしなかった。……そしてもう一つは、『菊池くんが私にまったく興味を持ってくれなかった』ってこと」

翔子さんは大きく両目を開けると、槿さんの方を呆然とした表情で見つめた。

「ごめんね」しかし槿さんは悪びれない。「ばっちりハートを摑んでいたつもりだったんだけどね……というか、ハートなんて摑んでなくても、大体の男の人はこっちからそういうことを誘ったらすぐになびいてくれるのにさ、菊池くんには全然その気がないんだもん。だから無理やり私の方からキスをしたの。暗い路地でさ、ぎゅって抱きしめて、唇にチュッて」

正くんはバツが悪そうに視線をどこか遠くへと向けていた。槿さんはそんな正くんの反応をいっそ楽しむように妖しげに見つめると、脱力したように表情を軽くする。

「でもそれだけ。菊池くんは私を優しく払いのけると、ゆっくりと首を振った。そして、菊池くんがどれだけ彼女である翔子ちゃんを愛しているのか、私に説明を始めたの。『槿さんの好意は嬉しい。でも絶対に君と浮気するようなことはできない。今日はそれを伝えに来たんだ。だって俺は翔子のことを世界で一番愛しているんだから』ってさ……。びっくりしちゃった、こんなに『堅い』男の人、私の人生で初めて。あはは」

「もう……もういいでしょ?」翔子さんはそう言うと、誰の返事を待つこともなく下駄箱へと向かい靴を履き替えた。「そういうことだから……ごめんなさい。さようなら」

「ま、待ってくれよ翔子!」正くんは大きな声を出したが、追いかけることはしなかった。おそらくは足が動かなかったのだ。「翔子！　これで終わりなんて……こんなんで終わりなんて、俺認めないからな！　来月には、翔子が行きたがってた東日本鉄道博覧会にも行こうって言ってたじゃないか！　俺は、ゆ……許さないぞ、こんな終わり方！」

「コノ人ハ、嘘ヲツイテイマス!!」

「……うぉぉ！」正くんは叫び声を上げると、その場に崩れ落ちた。「あんな正面切って、好きな人ができたなんて言われたら……何て言い返せばいいんだよぉ！　許したくないのに……許したくなんてねぇのによぉ！　二年近くも付き合っていたのに、翔子の心の変化を感じ取れなかった自分が……そして翔子の心をつなぎとめておけなかった自分自身が……自分自身が何よりも憎いぞぉ……うぉぉ！」

僕はそんな正くんのことを、ただただ見つめていた。

翔子さんは彼氏である正くんとの関係を継続させたまま新しい恋へと飛び移らずに、（その方法の是非は別にして）正くんとの関係にきちんとけりをつけてから新たな恋に臨むことを選択した。それはひょっとすると、ある意味で翔子さんのせめてもの『誠実さ』だったのかもしれない。

そんなことを考えていると、正くんは「俺のことは、もういいんだ。このまま、しばらくそっとしておいてくれ」と言ったので、僕はおとなしく帰ることにした。小百合が何も言わないのだから、それが正くんの本心なわけだ。

「僕が小百合を連れてきてしまったばっかりに……すまなかった」

「いいんだよ。真実に向き合わなかったら、俺は一生、自分の至らなさとも向き合えなかった」

そして僕はめまぐるしくキャラクタを変化させ続けた正くんを尻目に、きっと自分の彼女を不幸にはさせまいと、静かに心に誓うのであった。一生愛し続け、生活における安定的な基盤を早々に築き、彼女を日本一の幸せものにしてみせるのだ、と。

上履きを履き替え校舎の外に出ると、僕は背後から声をかけられる。

「ねぇねぇ待ってよ、名探偵さん」

槿さんだった。槿さんは近づいてきたかと思うと、するりと極めて自然な動作で僕の腕に両手を絡め、体を密着させてきた。じんわりと伝わる槿さんの体温。すぐに振りほどこうとするも、がっちりホールドされていて解ける気配はない。

「ちょっと……槿さん、離れてください」

「ねぇねぇ、名探偵さん。その人形すごいんだね」

「ん？　あぁ、小百合のことか、知り合いの博士から貰ったんだ」

「博士？　博士ってひょっとして、あの人のことかな？」

「おや。槿さんは漆原博士のことを知っているのかい？」

「う〜ん、どうかなぁ。去年の夏祭りで白衣姿のオジサマにちょ〜っとだけ、イタズラをしたことがあるんだけど——まぁ、いいや」と言うと、槿さんは途端に困ったような甘い表情を浮かべてみせる。「ちょっと相談なんだけどね。その人形をさ……ぜひとも私に譲ってくれないかなぁ……なんて。すんごくいいお金になりそうでしょう?」

「な、何を言ってるんだ槿さん。小百合は誰にも譲る気はない。それといい加減、体を密着させるのをやめてください!」

「私のお家ね……すんごく貧乏なの。だからさ、お小遣いが欲しくてね……それでちょっと男の人に援助してもらったりしてるんだけど……。つまり、もし名探偵さんさえ人形を譲ってくれる気があるのならばぁ」

槿さんは僕の耳元に吐息がかかりそうなほどに口を寄せると、小声で囁く。

「どうかなぁ、って」

「ば、馬鹿を言うのはおよしなさい!」僕はいよいよ力ずくで槿さんを振り払うと、はからずも赤らんでしまった頬を冷やすためにしばし呼吸を大きくする。「ぼ、僕には、付き合いたてほやほやの素敵な彼女がいるんだよ。だから悪いけれど、正くん同様に、そういう誘惑に乗るわけにはいかないのだ!」

「へぇ」と槿さんはからっとした表情を浮かべている。「名探偵さんも彼女持ちだったんだぁ、つまんないの。でもちょっとくらい浮気したってばれないよ」

「ばれるばれないの問題じゃない! 心が磨り減るんだよ!」

「かっこいー」と槿さんはからかうように言った。「ちなみに彼女さんてうちのクラスの人？」

「違う。東台高校の人だ。とても素敵な方だよ。今度の土曜日にもまた会う約束になっているんだ。午後七時待ち合わせでね。えへへ」

「集まるの遅くない？　どこで遊ぶ予定なの？」

「日の下アクリルプロダクツって会社の工場敷地内だよ」

「えぇ⁉　なにそれ？」あははと可笑《おか》しそうに口元を隠す槿さん。「まぁ、いいや、ところでさ、どうして今日は『名探偵』を名乗ってたの？　ほとんど『名探偵』とは呼べない出来だったけどさ」

「そういう気分だったんだよ。男なら誰でも、戦隊ヒーローに憧れる時期と、名探偵に憧れる時期と、ドラマーに憧れる時期があるんだよ」

「ふぅん。男の人って変なの。まぁいいや。じゃあまた明日ね、日輪くん」槿さんは校門を出ると、僕とは反対方向へと歩き出す。「そうだ」槿さんは振り向いた。「もし気が向いたら、いつでもその人形を譲ってよね。サービスするからさ」

「永遠にそんな可能性は微塵《みじん》もない。彼女を傷つけたくはないからな」

「彼女からビンタされちゃう？」

「いいや」僕は言う。「きっと、とびきりキツイ魔法を、かけられてしまう」

第三話

不可抗力のレディキラー

その転校生がとにかく尋常じゃなくモテるということに気がつくのに、さして時間はかからなかった。

高校三年生の二月という奇妙極まりない時期に転校してきた謎の男は、クラスの女子たちの心をさながら優秀なコンバインみたいに猛烈な勢いでざっくざく刈り取っていった。そのモテ方というもの、もはや『災害』と表現して仔細《しさい》ない。

いやはや、あたしも一応（本当に一応）女子の端《はし》くれではあるのだが、果たしてあの男のどこがそこまで魅力的なのか、まるで理解ができない。髪は長めで、ややもするとああいうのを『雰囲気イケメン』と呼ぶこともできるのかもしれないが、別にこれといって二枚目であるとも思えないし、喋り方も糖分高めの少女漫画から飛び出してきたみたいに無駄にキザっぽくて気持ち悪い。運動能力も学力も、文句なしに『並』。これといって目立つところもない。それに気のせいではないと思うのだが、やつはそこはかとなく奇妙な体臭を漂わせている。と言っても、別に『汗臭い』わけではなく……なんというのだろう、何かしら『香辛料』的な香りをさせているのだ。東京から転校してきたと聞いているが、もしや実家はインドカレー屋さんじゃあるまいな。無駄にスパイシーな転校生だ。

と、とにかくそいつはノーベル賞を取れそうなほどにモテた。そのモテ伝説たるや、枚《まい》挙《きょ》に暇《いとま》がない。

やつが転校してきて三日目の出来事だった。なんとクラス一の清純派美少女碓氷《うすい》が、告白をしたのだ。転校三日目ですよ。まだ性格どころか、あたしとしては彼の名前すらきちんと把握できていないさなかに、碓氷は告白をしたんです。信じられます？　あの奥手な碓氷がですよ？

あたしはそんな事実におったまげたが、更にもう一つおったまげたのは、なんとそのモテ男がほとんどノータイムで碓氷をフったということだ。何と勿体のない。しかし驚いてはいけなかったのだ。これはほんの序章に過ぎない。やつのモテ伝説は始まったばかりだったのだ。

続いて、短距離走の女神ことスタイリッシュ美少女鈴木《すずき》が次鋒《じほう》、そしてアニメ大好き元イラスト研部長小岩井《こいわい》が中堅として突撃をした。しかしながら両者ともに敢えなく撃沈。

そうして瞬く間に三人もの勇者たちが玉砕したというのに、女子たちはまだまだモテ男に夢中だった。やつは意味不明なまでにモテたのだ。

何が起こっているのか、あたしには一体全体理解不能だった。『みんなどうしたの？

悪いものでも食べちゃったの？』とクラス中を尋ねてまわりたかったくらいだ。よく見てみろ、あの男のどこがそんなにいいのだ？

四人目の挑戦者は西野《にしの》。西野の告白はごく控えめに言って、ものすごーく『イカれて』いた。

西野はまだ生徒のほとんどが残っているホームルーム終わりたてほやほやの教室にて、堂々とモテ男に告白をしたのだ。もちろん教室中の視線は告白をした西野と、それを受けたモテ男に注がれた。しかしモテ男の返事は安定の「ＮＯ」。すると事件が起きた。

何を思ったのか、西野は、脱いだのだ。

比喩《ひゆ》でも誇張表現でもない。まさしく西野は、制服を脱ぎ始めたのだ。

男子生徒はもちろん、ほとんどの女子生徒、あたしだって唖然《あぜん》としてただただ彼女の暴挙を前に硬直した。やがて西野は黒地に蛍光ピンクのレースがついたエロエロな下着一枚になった。そして何かを誘うように妖艶《ようえん》な仕草でモテ男に絡みついたところで、ようやく周囲の生徒が彼女をモテ男から引き剝がし、事なきを得た。いやはや、西野はどうしてしまったのだろうか。もともと少しばかりギャルっとした派手なやつではあったが、あそこまで大胆な（というか頭のおかしい）行動に出るとは……。

そんなこんなでほとんど無際限にモテ続けるモテ男の下駄箱は、毎日ラブレターで一杯だった。それはほとんど長期不在中の新聞受けみたいに、パンパンもパンパン。もはやポストと呼んだ方が適切だ。

休憩時間になれば、瞬く間に女子たちはモテ男の机の周りに群がり、あれやこれやと質問攻めにする。次の授業の教師が教室に入ってこようが数分程度はお構いなしにぺちゃくちゃぺちゃくちゃ。ときにはモテ男を争って、女子生徒同士が髪を引っ張り合って取っ組み合いの喧嘩《けんか》を演じることもあった。まったく、ピカソの愛人じゃないんだから。

そんなわけで、モテ男周辺の治安維持のために有志によってモテ男の『親衛隊』とやらが発足する運びとなった。その際の親衛隊内でのルール決めには、なぜだかあたしも呼ばれた。面倒ではあったが仕方ない。頼まれたら断れないのが、クラス内での相談役的ポジションを確立してしまっているあたしの悲しい性《さが》よ。あたしはモテ男に恋心を抱いていないほとんど唯一の女子として、親衛隊内のルールを極めて第三者的に中立に公平に、定めることに成功した。

そんな一連の作業は欽定憲法制定に携わった伊東巳代治《いとうみよじ》的な気分で悪くはなかったのだが、いやはや何にしても親衛隊のみなさんはご苦労さまです。悪いけれど、ここまで来てもあたしはあのカレー臭（誤用ではないはずだ）を漂わせる男の何がいいのかさっぱりわからんよ。むしろ苦手だね。

さて、そうして女子生徒たちが一人の男子の登場により心をピンク色に染め上げている中、男子生徒たちは実に面白くなさそうであった。そりゃそうだ。クラス中の女子がたった一人の（それも極めてビミョーな）男に熱を上げているのだ。時折何人かの男子生徒はあたしのところに愚痴をこぼしにきたものだ。「おいおい梅子《うめこ》。お前あいつのことどう思うよ？ ちょっと調子乗ってね？」「なんで、女子はあんな男と話し込んでんだよ、クソっ！」なんて具合に。

とまぁそんな感じで、モテ男はクラス中に随分とビッグな台風を巻き起こしてくれた。

そう、まさしく『災害』級の変革を。

そしてあたしはそんなモテ男に纏《まつ》わる生徒たちの恋のデッドヒートを、あくまで傍観者然とした態度でぼんやりと眺めて過ごしていたわけだ。『対岸の火事』というのは、こういうことを言うに違いない。同じクラスに所属している手前、親衛隊の立ち上げや、男子生徒たちの愚痴の吐き出し口としては多少活動せざるを得なかったが、基本的にはあたしはあくまで『観衆』であったには違いなかった。

そもそもあたしは、『恋』なんてものとかかずらうつもりは微塵もなかったのだ。というより、正確には『恋』というものに目をかけてもらえるとすら思っていなかったのだ。こちとら実家がなまじ美味しい和菓子を生産するものだからいつのまにやらポッチャポッチャと太りもするし、似ている芸能人といえばお笑い芸人の名前が数人挙がる程度の『ぎりぎり女の子』。

そう、だから——そう。あたしにとってその『モテ男』に纏わるすべての事件はやっぱり『対岸の火事』に違いなかったのだ。
あの日が、来るまでは。

※　※　※

とある日。
あたしがいつもどおりに登校すると、なんと、あろうことかあたしの下駄箱には封筒が投函されていた。封筒の表面にはいかにも男性らしい無骨な文字で『梅子様へ』と書かれている。あたしはわずかに桃色の予感を覚えるも、自分がモテないことはよく理解していた。すぐに落ち着きを取り戻すと咳払いを挟んで手早く封筒を鞄の中へとしまった。そして教室に入ると、周囲の視線を気にしながらこっそりと封を切る。するとそこには以下のような文章が記されていたのだ。

梅子様
折り入ってお話があります。本日の放課後、日の下交番横のファミリーレストランであなたを待っています。来てくださると、信じております。

硬派な文面じゃないか。恋文感はやや薄く、内容は必要最低限の情報に留められているが、悪くない文面だ。ちょっとばかり、うん。期待をしても、うん。いいのかな？　あたしはにわかに湧き上がりそうな恋愛的ドキドキを押し殺しつつ、放課後を待つことにした。わざわざファミレスにて仕切りなおすところも、そこはかとない奥ゆかしさみたいなものを感じられていい。きっといい感じのシブい男が待っているに違いない。

モテ男を中心に色めき立つ教室内にて、あたしは静かにふんと鼻を鳴らしてみせた。

放課後、自転車を飛ばしてファミレスに行ってみると、しかしそこにいたのは他でもない。

「呼び出して悪かったね。梅子さん」

あのモテ男ではないか。これはいったい何の冗談だ。お呼びじゃないんだよ、モテ男くん。あたしはあんたのことなんかこれっぽっちも好きじゃないんだよ。ボックス席のソファに腰かけるモテ男を発見すると、あたしはいっそ挑発するように睨みつけた。

「機嫌……損ねちゃったかな？　真っ白な眉間に皺を寄せちゃって……まったく困った子猫ちゃんだ」

キモい。こいつのすべてがキモい。なんでこうも自己陶酔《とうすい》感満載の三流ビジュアル系バンドボーカルみたいなしゃべり方をするのだろうか。すべての単語の頭に小さい『ん』を付けるのはご遠慮願いたい。気持ち悪いったらありゃしない。本当にあたしにゃコイツのよさはまったくわからないね。

「ねぇ、なんとか言ってよ梅子さん」

あたしはため息をついた。「……何の用なの。あの手紙を寄越《よこ》したのはあんただったのね？」

「答えは、『YES』だ」

キモい。天文学的なキモさがあたしの前に鎮座している。「いいから、用件言いなさいよ。わざわざ人をファミレスに呼び出してからに」あたしは仕方なくモテ男の正面の席に腰かけた。

「実は君に——梅子さんに、折り入って相談があるんだ」

「相談ね」と、あたしはシブめの色男からの愛の告白でないことに静かな失望を覚えながら言った。はいはいそうですよ。どうせあたしの人生はこんなもんですよ。「ところで、一ついいかしら。みんなしてあたしのこと『梅子』『梅子』って呼ぶけれど、あたしの本名は『梅木鶴子《うめきつるこ》』だから。どうせなら、苗字か名前のどっちかでちゃんと呼んでくれる？」

「梅子さんは——」とモテ男はあたしの話を無視して平然と言ってのけた。「相談に乗ってくれるかい？」

「……あんた、本名は何て言うんだっけ」

「僕？」モテ男は自分のことを指さした。「蕗《ふき》、『蕗俊太郎《しゅんたろう》』だよ。覚えてくれてないのかい？」

「じゃあんたは今日から『蕗太郎《ふきたろう》』ね。あたしのことを梅子って呼ぶんなら、これでトントンだよ」あたしは蕗太郎にそう言い放つと、ソファに背を預けた。「それで、相談て何よ」

「乗ってくれるのかい？」

「内容次第だよ、蕗太郎。……そもそも、どうしてあたしに相談なんて持ちかけようと思うかね？　あんたにご執心《しゅうしん》の女子は掃いて捨てるほどいるでしょうが」

「実は、相談っていうのは他でもない。その『女の子たち』についてなんだ」

女性店員がお冷《ひや》を二つ持って現れる。あたしは何も注文しないのも悪かったので適当にフライドポテトの盛り合わせを頼んでおいた。女性店員は会釈をしてから去っていく。

「梅子さんは率直に言って、僕のことをどう思ってる？」

「……何よ、藪《やぶ》から棒に」

「いいから、率直なところを教えてよ。無記名だと思ってさ」

「思えるか」こちとら対面してんだぞ。「そうね、本当に率直に言っちゃうのなら……大丈夫？　あんた、傷つかない？」

「……す、すでに残念な結果が待ち受けていそうな予感がすごいね……。でも、耐えてみせるから、遠慮はいらないよ」

あたしは咳払いをしてから言う。「顔はふつう。喋り方が死ぬほどキモくてその上変な匂いを漂わせているのに、異様にモテてる謎の転校生。あたしは好かない」

「グェ――」

「吐くな吐くな‼　耐えてみせるんじゃなかったの⁉」

「いや……実際のところ、女性にけなされた経験がほとんどないからね……想像以上のダメージだったよ。でも大丈夫。幸いにして嘔吐物《おうとぶつ》は喉の一歩手前でどうにか押し留まったよ」

「苦い水飲んでるじゃない……」

「……そ、それと僕も、梅子さんの見た目には、グッと来ないけどね」

「余計なこと言わなくていいんだよ！　なに悔し紛れに一発かましてくれてんだ。あたしだってね、自分の容姿がちょっとばかり『残念』だってことには確かな自負があるんだよ。言われるまでもないさ」

「でも、とにかくよかった」と蕗太郎は満足そうに微笑んだ。「これでわかった。やっぱり僕の目に狂いはなかったんだ。梅子さんになら、お願いができそうだ。……あっ、ちょっと待ってくれ、梅子さんは一応『男性と恋をしたいな』という願望は持っているんだよね？」

「何それ？　何が言いたいのよ」

「いや、もしかしたら僕のことが嫌いなんじゃなくて、男性全般に興味がないのかなって」

「そんなことはないわよ。あたしだって……そりゃあ、ね。人並みに恋に対する憧れは持ってるわよ。まぁでも『同級生と青春の一ページを』って恋愛よりも、いっそ金銭的に余裕のあるアラサーのサラリーマンなんかに見初《みそ》められるのが理想的よね。大人の男性ってやつ」

「……いやに現実的なんだね、そこは。まぁでもよかった。これで条件は整った」

「どういうことよ？」

「単刀直入に言うよ」蕗太郎はわずかにテーブルに身を乗り出すと、はっきりとした口調で言った。「僕はこれ以上、モテたくないんだ」

「はぁ？」全世界の男子を敵に回しそうなセリフに、あたしは思わず顔をしかめた。何を言ってるのだこいつは？　ついでに非モテのあたしにも謝れ。「何言ってんの、あんた？」

「言ったとおりだよ。梅子さんは、僕が今クラスの女子たちからどんな扱いを受けているか、知っているでしょ？」

「そりゃあね」

「そしてその扱いが、ちょっとばかり『おかしい』ってことも、わかってくれるだろう？　実は僕、生まれてこの方ずっとこんな調子なんだ。何もしていないのに、何をしたつもりもないのに、いつの間にか女性たちに群がられているんだ。過剰なまでに話しかけられたり、告白されたり、付け回されたり、誘惑されたり……とにかくもうそんなことの連続なんだ」

「へぇ……」とあたしは唸る。「不思議なものね」

「そうなんだよ。『不思議なもの』なんだよ。でもほとんどの女性は、そうは思ってくれない。男性は多少なりとも僕のモテ方がおかしいと気づいてくれるんだけど、女性は誰一人として気づいてくれたためしがないんだ。……そんな中にあって、梅子さんだけはどうやら違うようだった。転校してしばらくもしないうちに気がついたよ。『あの人はどうやら僕に気がなさそうだ』って。ねぇ、梅子さん。さっき僕の喋り方が気持ち悪いって、そう言ったよね？」

「……言ったけど」

「これね、実はわざとやってるんだ」

「はぁ？　どうしてまた」

「こういうナルシストチックな気持ち悪い喋り方をしてないとね……」蕗太郎は残念そうに言う。「もっとモテちゃうんだ」

「はぁ？」

「あと、変な匂いがするって言ったよね？」

「……い、言ったわよ」

「これはね、ガラムマサラの匂いなんだ。毎日家を出る前に首筋あたりに念入りに塗りこむことにしてるんだ。自分でも、ちょっとうんざりするほどにね」

「……なんでそんなことしてんのよ」

「ちょっとばかり鼻を摘《つま》みたくなるような変な匂いがしてないとね……」蕗太郎は目を閉じて言う。「もっとモテちゃうんだ」

なんかムカつくな。

同情できそうな身の上話をしてくれているというのに。

「まぁいいわ。『これ以上モテたくない』ってことが言いたいのはよくわかった」あたしは言う。「でも、それがどうしたっていうのよ。いいじゃない。あたしみたいな非モテからしたらね、いっそ羨ましいわよ。あんたみたいな人間が」

あたしはそこまで言うと、おもむろにお冷を摑んで口へと運ぼうとする。すると――

「ま、待ってくれ‼」

「うおっと、びっくりした。どうしたのよあんた？」

蕗太郎はあたしのお冷を取り上げると、何やら急にきょろきょろと周囲を見回した。そして厨房《ちゅうぼう》の方からこちらを覗いていた先ほどの女性店員と目が合うと、何かを確信したように表情を歪ませる。女性店員は慌てて厨房の奥へと消えていく。

「……危ないところだった」

「なになに？　どうしちゃったのよあんた」

蕗太郎は一度あたしに目配せをすると、鞄の中から何やら水質計のような器械を取り出した。それから慎重にあたしのお冷に器械の先端を浸してみる。

「……な、何やってんのよ？」

「毒物反応を確認してるんだ。僕は必ず同伴者の飲食物の安全は確認することにしてる……。もしこの水に毒物が混入していれば――」唐突に［ビービービー］という警告音が鳴り響く。「……やっぱりだ」

「な、なにこれ、どういうことよ？」

「盛られていたんだよ……毒をね」

「毒⁉」

蕗太郎は神妙に頷いてみせた。「さっきの女性店員が、君の水に毒を盛ったんだ」

「は、はぁ⁉　……どうしてまた？」

「君に嫉妬《しっと》したんだよ。僕と一緒にファミレスに来ている君にね」蕗太郎はおもむろにテーブルの上をチェックし始める。するとお冷の下に敷かれたコースターの更に下に一枚の紙切れを発見したようで、小さく頭を抱えてみせた。「……やっぱりか」

「何よそれ、何だったの？」

蕗太郎は紙を広げてあたしに見せつける。

そこには何やら電話番号とメールアドレス、それから愛らしいハートマークが記されていた。

「あの女性店員に、逆ナンされたってこと？」

「……まぁ、きっとそんなところだろうね」蕗太郎は首を横に振ると、携帯電話を取り出した。「いつもは絶対にこんなことはしないんだけど、梅子さんに確認してもらうために検証してみようか」

「検証？」

蕗太郎は紙切れに記載されていた電話番号を携帯に打ち込むと、おもむろに携帯をこちらに差し出してきた。それから何やら仕草で『受話器を耳に当てろ』的なことを指示してきたので、しぶしぶ携帯を耳に当ててみる。

まもなく電話はつながった。

「うそうそっ！　で、電話ありがとうございます！　さっき一目惚れしちゃいました！　いまちょうどゼクシィで式場探してたとこなんです。どうします？　チャペルにしますか、それともホテルにしますか？　あっ、それとまさか彼女……ってわけじゃないと思うんですけど、今あなたと一緒にいる太ったゆるキャラみたいな女は、私がきちんと天罰としてポイズンを――」

蕗太郎はあたしから電話を取り上げると、すぐさま終話ボタンを押し込んだ（誰がゆるキャラだ）。

「こういうこと、なんだよ」と蕗太郎は言った。「こんな毎日なんだ……おかげで、まともに話せる女友達はできないし、男性陣からは僻《ひが》まれっぱなしでろくに交流もできない。『モテ過ぎて困ってる』なんてさ、確かに嫌味っぽく聞こえるのはわかるよ。でもさ、実際的にこれはこれで結構キツイんだ。東京ではこの体質のせいで人間関係にヒビが入ってしまってね、とうとう学校を休まざるを得なくなってしまった。本当だったらそのまま休んでいたかったんだけど、出席日数が足りなくてね。だからこっちの学校に転校してきたんだ。……とにかく僕はこの、謎のモテ病をどうにかして克服したいと心から願ってるんだ。それで、唯一まともに会話ができそうだった梅子さんに頼ってしまっているわけだ。決して大げさな表現じゃなく、梅子さんは僕の人生における、一つの『奇跡』ですらあるんだ……。もちろん一介の女子高生である君に僕の体質を相談しても仕方のないことであるとは重々理解しているよ。でもね、僕にはもう君しかいないんだ。君に頼らざるを得ないんだよ。……ねぇ梅子さん」

蕗太郎はツンとガラムマサラの匂いを漂わせながら、あたしに上目遣いを寄越した。

「僕のモテ病克服の手伝いを、してはくれないだろうか？」

あたしはため息をつくと、目を閉じて更に深くソファに体を預けた。あぁ、人生初のラブレターをゲットしたかと思いきや、まさかこんなことになってしまうなんてね。いやはやまったくもってあたしの人生は和菓子みたいには甘くないよ。

あたしは一度大きく項垂《うなだ》れると、蕗太郎の方に配膳されたお冷を奪ってゴクリと飲み込んでやった。「わかったわよ。大したことはできないけど、最低限の協力はしてあげるわよ」

「ありがとう！」蕗太郎は目を輝かせると、ソファに座ったまま頭を下げてみせた。「本当に、本当にありがとう！」

頼まれたら断れない性格なのよ。まったく。

貧乏くじばっかりだね、あたしの人生。

さて何をしようかと言ったところで、あたしに『モテ体質改善』なんて真似はできないわけで、ほとんど消去法的にこの日の下町一の謎科学者、漆原博士を頼ることになった。

あたしと蕗太郎はファミレスを出ると、その足で漆原博士の住むアパートへと向かった。博士はアポなし訪問であるにもかかわらずあたしたちのことを快く迎え入れ、こちらの要望にじっくりと耳を傾けてくれた。

「なるほど」博士は言う。「つまりこの少年の『モテ体質』の謎を解明し、ひいては改善する――いや、この場合は『改悪』かな――お手伝いをして欲しい、と?」

「できますかね?」とあたしは尋ねた。

博士は少しばかり険しい表情を見せるも「鶴子さんの頼みだ。最善を尽くしてみよう」と言うと、採血、心電図等々、蕗太郎の体をいくつかの機材を使って調べあげた。それから「鶴子さんだけが、彼に惹《ひ》かれない理由も気になるね」と言ってあたしの方にも検査を要求した。

「結果が判明次第、鶴子さんあてに連絡をするとしよう。一週間程度は待って欲しい」

そんな博士に向かって深々と頭を下げる蕗太郎の表情は、あまりに切実だった。あたしは蕗太郎の背負っているものの『重さ』を何となく理解すると、二人して博士のアパートを後にした。

人間てのは単純なもので、本人の口から心境を吐露されれば見える景色が一変する。

次の日からの学校での蕗太郎の姿は、あたしにとってこれまでとはまったく違うものになった。なんだかんだ女の子からチヤホヤされることに喜んでいるのかと思っていたのだが、よくよく見てみれば女性陣に囲まれている蕗太郎の顔にはささやかな戸惑いの色が浮かんでいることがわかった。気持ちの悪い喋り方もキャラクタづくりの一環だと知ってしまうと、とてつもない哀愁の気配を纏い始める。

男友達の姿は一人もない。蕗太郎は常に妄信的な、あるいは盲目的な『愛』をぶつけてくる女性に囲まれ続け、(精神的にも身体的にも)自由に過ごせる時間をほとんど失っているのであった。本当の蕗太郎というやつは、一体全体どんなやつなのだろうか。

『まともに話せる女友達はできないし、男性陣からは僻まれっぱなしでろくに交流もできない』

『梅子さんは僕の人生における、一つの「奇跡」ですらあるんだ』

まったく、困ったもんだよ。あたしは昼休みになってまもなく女性陣に囲まれ始めた蕗太郎に、自宅から持ってきていたみたらし団子を一串プレゼントすることにした。団子を受け取った蕗太郎はまるで命でも救ってもらったようなかすれ声で「本当にありがとう。もう少し頑張ってみるよ」だなんて言ってくる。まったく大げさなやつだよ。あたしは取り巻きの女性陣に「蕗太郎の取り合いもほどほどにしといてやんなよ」とだけ告げると、その場を去った。

それからは、あたしも少しずつ蕗太郎と会話を持ってやるように心がけた。蕗太郎が求めているのは『乙女の潤い』でもなければ、『ドキドキするような恋愛』でもない。理性的な会話ができる『友達』なのだ。朝の挨拶に、帰りの挨拶、授業の合間の十分休憩と、すれ違う機会があれば積極的に声をかけてやった。するとそのときに限って蕗太郎もわずかばかり表情を崩して簡単に言葉を返してくれた（悲しいかな、あたしが下手に美人じゃなかったのもプラスに働いたのかもしれない）。

そうしたことが数日続くと、あろうことかあたしは親衛隊から『蕗くんに接近しすぎ』という警告を食らった。しかし結局のところあたしは警告を軽くいなして、蕗太郎には変わらず声をかけ続けた。誰とも理性的な会話のできない人生なんて、あんまりに可哀想じゃないか。それに親衛隊のあんたたちも薄々は気づいてるんだろう？　こんな見てくれのあたしが、あんたたちのライバルたり得ないだろうってことはさ。

その週の土曜日。

博士から連絡が入ったので、あたしは一人で博士のアパートを訪れていた。

「つまりだね――」博士はまくしたてるように言う。「このテストステロンという男性ホルモンが女性を惹きつける――いわば『フェロモン』というやつなのだが、彼の体からはそいつの亜種が一般男性の約百二十倍もの濃度で放出されていることがわかった。理由はいたって単純。このフェロモンの発生を調節する『弁』のようなもの――蛇口と言ってもいいかもしれないね――が体には存在しているのだが、俊太郎くんの場合はこれが全開になったまま固定されてしまっていたのだ。おそらくは先天的な体質だろう。珍しいことこの上ない。いずれにしても、これが彼の謎のモテモテ体質の最大の原因だったのだ」

「なるほど。さすが博士」

「一方の鶴子さんは、このテストステロンの受信器官でもあるヤコブソン器官というやつが非常に発達していて優秀だったのだ。ただただ無秩序に放たれる『濃くて』『強烈』なだけである俊太郎くんのフェロモンを、きちんと見せかけであると看破できていたのだな。鶴子さんもまたすごい」

「それは、誇ってもいいことなのか、どうなのでしょうか……」

「なに、誇るべきことにきまっているではないか。鶴子さんには子孫を残す上で、より優秀な男性個体を選別できる能力が備わっているのだ」

子孫が残せれば、の話ですけどね……はは。「それで、蕗太郎のそのなんとかってフェロモンの蛇口を締めることはできるんですか？」

「開発したよ」博士はにやりとほくそ笑む。「テストステロン分泌器官の蛇口に強烈な刺激を与えることにより、俊太郎くんの弁を全開のまま固定してしまっている『錆《さ》び』のようなものを溶かしてしまう発明品というものをね。これを使えば、俊太郎くんをモテモテ体質から通常の状態に戻せるに違いない」

「ほーっ！」あたしは手を叩いて博士を賞賛した。「それはよかったです。やっぱり博士は天才ですね。蕗太郎もなんだかんだ本当に困ってたみたいなんで助かりましたよ。それでその、発明品とやらはどこに？」

「これだよ」

「えぇっ？」博士が取り出したきらりと危なく黒光りするそれは、どこからどう見ても――

「け、拳銃じゃないですか」

「いかにも」博士は拳銃を机の上に置いた。「ただもちろんこれは本物ではない。これは、コルト・ローマンというリボルバー銃のレプリカで、トリガーを引くと弾丸の代わりに先端に針のついた薬品が飛び出す仕組みになっている。この薬品を一発でも俊太郎くんの体に撃ちこめば治療は完了だ。俊太郎くんのフェロモン分泌器官には強烈な刺激が加わり、錆びは溶け、開きっぱなしになっていた蛇口はさながら潤滑油を差したように正常に稼働を始めるだろう。体のどの部分にあたっても効果はすぐに現れるから、気楽に撃ちこんでくれたまえ。できればハードボイルドにバキュンとね」

「は、はぁ。使い方はわかりましたけど、なんでまた拳銃……」

「いやはや、ひょんなことから同型の拳銃を見る機会があってね、インスパイアされてしまったのだよ。ちょっとした遊び心というやつだね」

ははははと笑う博士を前に、あたしは拳銃のグリップ部分に何やら見覚えのあるロゴマークが刻まれていることに気づく。人形《ひとがた》の黒いシルエットがぐっと伸びをするように、体を大きく広げている。

――特定保健用食品――

「あ、あの……ごめんなさい」あたしはたまらず博士に声をかける。「な、なんでこの拳銃『トクホ』なんですか？」

「ん……あぁ、それか」博士は小さく頷く。「本物の拳銃と見分けがつかなくなると困るからね、遊び心でロゴマークを入れておいたんだ」

「……いや、にしたって、他にいくらでもやりようがありそうな」

「摂取し続けると体にいい影響がありそうな感じで、なかなか魅力的だろう？」

「魅力的……」あたしは銃を鞄にしまう。「と、とにかくありがとうございました。さっそく月曜になったら、学校で蕗太郎に使ってみますよ」

「一つ注意事項だが、これはあくまで俊太郎くん――フェロモンの分泌器官に異常がある人――のために開発をした溶解液のような劇薬だ。仮に蛇口が正常に働いている人間に撃ちこんでしまうと、一時的に蛇口には強烈な負荷がかかり、弁の調節機能が正しく働かなくなってしまう可能性がある。おそらくは薬品の効力で弁が焼けてしまい、しばらくは蛇口が開きっぱなし状態――いわば今の俊太郎くんと同じモテモテ状態――に変貌してしまう可能性が極めて高い。……もっとも、一時的な麻痺であるから一週間もすれば元のモテ度には戻るのだろうが。まぁ、何にしても俊太郎くん以外の人間には使用しないよう気をつけてくれたまえ」博士はそう言うと、何かを思い出したように手を叩いた。「そうだ、鶴子さんにはもう一つ、とっておきのプレゼントを用意していたのだった」

あたしは驚きながらも博士に促されるままアパートの外に出る。すると駐輪スペースに、なにやら見たことのある奇妙な形をした乗り物が駐《と》められているのを発見した。

「これは……」あたしは尋ねる。「この左右のホイール部分に『モンドセレクション金賞受賞』と書いてある、この乗り物は……」

「驚いてくれたかね」博士は微笑んだ。「これこそが鶴子さんへのプレゼント。私が開発した画期的な電動立ち乗り二輪車『ゼグヴェイ』だよ」

「……えぇと、乗り物の名前をもう一度お願いできます？」

「ゼグヴェイ」

「……『セグウェイ』じゃなくて？　濁るんですね？」

「『ゼグヴェイ』だよ。変な言いがかりはやめたまえ。これは私のオリジナル発明品だ。これを君にプレゼントしよう。どうせだから乗って帰るといいよ。スピードは『ロースピード』『ハイスピード』『クレイジーカウボーイ』『ヘブン』の四段階で調節が可能だ」

「後半二つは、怖いので使いません」

「とにかく、貰ってやってくれ。もちろんモンドセレクションは受賞していないのだが、遊び心で金賞を受賞させてみた自慢の、セグ――『ゼグヴェイ』をね」

とにもかくにもこれで晴れて蕗太郎の悩みを解決してやることができる。あたしはそんなことを考えながら家に帰り、その日はぐっすりと眠った。月曜日にはきっと蕗太郎はガラムマサラ臭をぷんぷんに振りまいて喜ぶことだろう。やれやれ、一件落着だ。

そんなこんなの翌日——日曜日の夕方。あたしは家で売れ残りのおはぎをぱくぱくと食べながらテレビを見ていたのだが、突如として鳴り響いた携帯のベルにおはぎを口に運ぶ手を止めた。慌てて携帯の画面を確認すると、そこには——

［着信：蕗太郎］

何用だろうか。あたしは小さく首を傾げながら電話に出る。

「はい、もしもし」しかし応答がない。風を切っているようなごうごうとした雑音が響くばかり。移動中なのだろうか。「おーい。どうした蕗太郎」

「……梅子さん」かすれがすれの声が聞こえた。

「どうしたんだ？　声が聞き取りにくいぞ？」

「……はぁはぁ」走っているのだろうか。息が切れている。「ようやく撒《ま》いたかな」

「撒いた？　説明しなさいな。どうしたっていうのよ？」

「梅子さん、助けて欲しいんだ」蕗太郎は一度呼吸を整えてから言う。「実はいま……追われてるんだ」

「お、追われてる？」あたしは穏やかじゃない一言に動揺する。「今どこにいるの？　きちんと説明しなさいって」

「さっき、コンビニに行こうと思って外に出たんだけれども、迂闊《うかつ》に外に出てしまったのが運の尽き。自宅の周辺を複数の女子生徒に張り込まれていたんだ。彼女たちは僕のことを取り囲むとこう言った。『今から、私たちとデートをしましょう』って、『あなたに拒否権はない。来ないならば力ずくでも連れて行くわ』。僕は、身の危険を感じた。とりわけ集団の中でもリーダー格らしき女性のオーラたるや、それはそれは僕でも身震いしてしまいそうなほどに圧倒的なものだった……」

「いったい誰なのよそれ？　あたしたちのクラスメイトなの？」

「隣のクラスだと言っていた。名前はたしか――」蕗太郎は言う。「『月下香』さんとか、言ったかな」

あたしは頭部に金《かな》ダライが直撃したようなめまいを覚える。「あんたそれ……日の下二大ビッチの片割れ『チューベローズ貴婦人』じゃないの」

「だ……誰なんだい、それは？」蕗太郎が移動している音が聞こえる。

「西の『娼婦むくげ』こと槿紗也加、東の『チューベローズ貴婦人』こと月下香優里って言ったら、日の下じゃ有名な二大ビッチ女子高生なのよ……」

「……この町のモラルや風紀はどうなっているんだい？」

「貧乏であるが故に援助目当てで男をたらしこむのが西の槿紗也加ならば、反対に異次元級の金持ちであるが故に好みの男性を金に物を言わせて買い尽くすのが東の月下香優里のスタイルなの。よりにもよって、あんたもあいつに目をつけられるなんて……」

「何でも、その月下香さんとやらは意地でも僕をホテルに連れて行きたいらしい。お金はたくさん払うと言ってきた」

「……月下香らしいやり口ね」

「まったく信じられないよ。ラブホテ、テ、テル街をまるまる借りきって、い、い、いるって言うんだよ？　僕には理解ができないよ……」

「とにかくあんた、今どこにいるの？　すぐに助けに行くから」

「ラブホテル街だ……だいぶ追い詰められてしまっている。今目の前にあるのは『花言葉《はなことば》』って名前のホテルだね……移動を繰り返しているからここにとどまり続けることはできそうにないけど――っと、うわぁ!!　何だそれ？　なにその大きな掃除機みたいな機械は!?　うわぁ吸い込まれる!!」

「すぐ行くよ！　逃げ切るんだ蕗太郎!!」

あたしは自分の部屋から博士より授けられた拳銃を持ち出すと、勢いよく外へと飛び出した。そしてゼグヴェイに飛び乗ると、一目散に日の下ラブホテル街を目指してマシンのスイッチをオンにする。

ここからラブホテル街まで行くとなると、これはこれでそれなりの距離だ。一度大通りに出てからラウンドアバウトを経由して浜三田川《はまみたがわ》を越える必要がある。あたしはゼグヴェイの持ち手をギュッと力強く握ると、進行方向を力強く見つめてみせた。待ってなさい蕗太郎。きっと逃げ切るんだよ——

なんてことを考えながら走り続けていたのだが、予想どおりこの風体《ふうてい》の目立つこと目立つこと。それはそうだ。乗り物の形状が奇抜であることにホイール部分には大きく『モンドセレクション金賞受賞』の文字）（腹立たしいことにタイヤが回転していてもホイールの文字はきちんと読める仕組みになっていた）。さらに、あたしの手には拳銃ときている。これはもう不審者以外の何物でもない。

すれ違う人々からは「なにあの人？」「あの人自体がモンドセレクションを受賞したのかな……」といった怪訝そうな声があがり、終《しま》いには「あの人、きっと革命家だよ」という根拠のわからない予想まで立てられる始末。とんだ見世物だ。

あぁもう、恥ずかしい。

そうして徐々に羞恥の念に搦《から》め捕《と》られていったあたしは、これ以上周囲の人間に見られたくないという思いと、蕗太郎の元へといち早く駆けつけなければならないという思いから、スピードレバーを『ハイスピード』から恐怖の『クレイジーカウボーイ』へと捻《ひね》るのであった。

瞬間——ぐいんと体が後ろへと持っていかれた。思わず放しそうになってしまった持ち手にぐいと力を入れる。

まるで爆風を背に浴びているような暴力的なまでの加速。体中のお肉が風圧にぷるぷると震え出した。そうしてどうにか持ち手にしがみついていると、いつのまにやらゼグヴェイは浜三田川を越え、ラブホテル街近くまで到達していた。何という速さか、そのスピードまさしく暴れ馬の如し。

ラブホテル街の入り口には何やら交通整理のおっちゃんらしき人物が立っており、ラブホテル街へと進入しようとしている若者カップルに中に入ってはいけないよ的な何かを説明している様子だったが、あたしには関係がなかった。あたしは暴れ馬ゼグヴェイを華麗に捌《さば》きながらおっちゃんの横をすり抜けると、ラブホテル街へと進入する。

『ホテル花言葉』の横を通るも、そこには蕗太郎の姿なし。どこだ蕗太郎！

右折左折を繰り返し、ホテル街を探索していると——見つけた！

が……一歩遅かった。

とあるラブホテルの入り口前で、蕗太郎はすでに月下香の手下らしきスーツ姿の屈強な男どもに取り押さえられていた。ちょうどグレイタイプの宇宙人が連行されていくシーンみたいに、ぐったりとした様子の蕗太郎は抵抗することも忘れ、ただなされるがままになっている。走り疲れてしまったのか、ぴくりとも動く気配はない。その周囲には複数の女性たち。ひときわキラキラとしたキャバ嬢風のドレスに身を包んだ月下香を中心に、取り巻きどもが獲物を捕獲したとでも言いたげに高笑いしている。

あたしはゼグヴェイの勢いそのままに彼らのもとまで近づいていくと声を上げた。

「ちょっと待ったぁ‼」

そして素早くゼグヴェイを停止させると地面に降り立つ。

「そこまでだよ。蕗太郎を放しな」

「……う、梅子さん」蕗太郎は男どもに抱えられながら、弱々しい視線をこちらに向けた。

「あら？」と月下香はスラリとした足を自慢するように伸ばしながら、こちらに一歩踏み出してきた。「ここは現在立ち入り禁止なのだけれど、タイヤメーカーのマスコットキャラクタが何の用かしら？」

「誰がミシュランマンだ！」太ってて悪かったね。あたしはふんと鼻を鳴らす。「なんでもいいからそいつを放しな」

「それはできない相談ね。ねぇみなさん？」月下香の言葉に、取り巻きの女性たちがもちろんというふうに頷く。「今日はみなさん一緒に、こちらの殿方と楽しい夜を過ごすことになっているの。悪いのだけれど、部外者は帰ってくださるかしら。あと、怖くて仕方がないから、そのおもちゃの拳銃もしまってくださる？」

月下香たちの笑い声が閑散《かんさん》としたホテル街に響く。まったく、不愉快な連中だよ。

「蕗太郎が困ってるだろ。悪いことは言わないからすぐに放してやんなって」

「困ってる?」

「当たり前でしょうが」

「あらあら、それは大きな勘違いと言わざるを得ないわね」月下香がおーほっほと笑えば、やはり取り巻きたちも同じように笑う。「彼はこれから私たちとてもステキなことができる上に、即金で二百万円ほどのお金を手に入れることができるの。それをあなた、よりにもよって『困ってる』だなんて、そんなわけがないでしょう? それはもちろん『あなた』みたいな女性に言い寄られたなら別よ? でも、この見目麗しき私に直々に声をかけてもらえたんだもの。男性にとってこれ以上の栄誉はないはずじゃない。どうせあなたは――分不相応にも――この殿方に惚れてしまい、嫉妬の念から私を付け狙ってきた哀れなミシュランウーマンなのでしょうけれども、さっさと帰ってくださるかしら。あなたみたいに華のない人間を見ていると、なんだかこちらまで輝きが失われていきそうな気がするわ」

またも高笑い。

あたしはこの言い様のない気持ちをどこにぶつけたものかとしばらく呆然としていたのだが、次の瞬間。

笑い声を裂くような大声が、夜空に雷でも落としたかのように、革命的なまでに大きく響いた。

「黙るんだ‼」

吼《ほ》えたのは蕗太郎だ。

「それ以上梅子さんを悪く言うのなら、僕は決して君たちを許しはしないッ」

押し黙る月下香軍団。

あたしは柄にもなく獣のようにぎらりと光る蕗太郎の瞳を見ると、なぜだか心がすっと澄んでいくのを感じた。ただ受動的にモテ続けていただけの貧弱男かと思いきや、なかなかどうして男らしいところもあるじゃないか。あたしは思わず小さな笑みを浮かべてしまう。こう言ったら蕗太郎には悪いけど、洟《はな》垂れの弟があたしを救うために木刀で警官隊に立ち向かってくれたような気分だよ。感動というよりは、微笑ましさかね、はは。

あたしはそんな義理の弟のために一つ覚悟を決めると、素早く拳銃を構えた。そしてそのまま迷わず月下香に向かって引き金を引いてみせる。そう。漆原博士に言われたとおり、可能な限りハードボイルドにバキュンと。

銃声。

想像していたよりもずっと強い衝撃が腕に伝わり、同時に月下香は腹部を押さえながらその場に跪《ひざまず》く。周囲の人間が月下香に駆け寄り、驚愕の表情のままあたしを睨みつけてきた——のだが、予想どおり状況はまもなく変化する。

それまで蕗太郎を取り押さえていた男性二人が、するりと蕗太郎から手を放したのだ。それから何やら蛍光灯の光に誘われた羽虫のように、苦悶《くもん》の表情で腹部を押さえていた月下香の方へとするすると近寄っていった。そして猛烈な勢いで——

「お嬢様！」男は言う。「私と……交際してはいただけないでしょうか？」

——アプローチし始めた。

「は、はぁ？」月下香は驚きから声が裏返る。「こんなときにくだらないこと言ってないで、すぐにそのミシュランウーマンを取り押さえなさいよ！」

しかし男性は引かない。どころかもう一人の男性と、何やら月下香の取り合いを始めたではないか。あたしはそうして取り巻きの女性を含めての乱痴気《らんちき》騒ぎを始めた月下香軍団を尻目に、自由になった蕗太郎に手を差し伸べた。

「今のうちに帰るよ」

「こ……これはいったい？」

「後で説明するよ。いいから、ほら」

あたしは蕗太郎をゼグヴェイに乗せるとそのまま猛スピードで走りだす。後ろからは月下香の断末魔の如き叫び声が聞こえてきたが、そんなものに構うものか。

「に、逃げちゃうじゃない！　追いかけなさいよ！　そもそも何者なのよあいつは!?」

何者だとは失礼な。隣のクラスの人間の顔くらい覚えておきなさい。あたしは快走を続けながら、心の中で月下香に言ってやるのだ。

一週間程度で元に戻るらしいから、それまでじっくりと思い知るがいいさ――

『あらあら、それは大きな勘違いと言わざるを得ないわね』

『よりにもよって「困ってる」だなんて、そんなわけがないでしょう?』

――そんなわけがある、ということをね。

あたしたちは十分にラブホテル街から離れた浜三田川の土手にてゼグヴェイを降りた。

蕗太郎は心を落ち着けるように咳払いをしてから、いつものとおり気持ち悪い口調で「ありがとう」と言い、乱れた髪を整えた。

あたしも乱れた着衣を簡単に整えると、大きく息を吐いた。「なんとか助け出せてよかったよ」

あたしはそれから、先ほどの拳銃を蕗太郎に見せつけた。そして蕗太郎の『モテモテ体質』の真実について、あたしだけが蕗太郎に惚れなかった理由について、拳銃から飛び出す薬品の効果について、なるべく丁寧に説明を施した。

「本当は月曜日にでも、と思ったんだけど、せっかくだから説明させてもらったよ。それじゃどうする? ちょうどいい機会だし、今この拳銃を使っちまうかい?」

蕗太郎はしばらくどことなく儚《はかな》げな表情で拳銃を見つめていたのだが、やがて覚悟を決めたように頷くと「よろしく頼むよ」と言った。

あたしは改めてグリップを握り直す。「本当にいいんだね」

蕗太郎はもう一度、明確に頷いた。「ひと思いに頼むよ」

あたしはそれでも、一抹《いちまつ》のためらいの念に足を取られる。「……あ、あたしはさ」土手を走り抜ける冬の冷たい風は、浜三田川の水面を静かに揺らす。「もちろん『あんた』じゃないから、あんたの身の上を完璧には理解できてないよ。あんたがこれまでの人生においてそのモテ体質によってどれだけ苦労をしてきたのか、どれだけ辛い思いをしてきたのか、やっぱりぼんやりとしか想像できない。だからこういう無責任なことを言っちゃうのかもしれないけどさ、やっぱり『モテる』っていうことは、人にとっては一つの『夢』に違いないと思うんだよ。それが人生の目標になってしまってる人だって少なからず存在している。あたしなんてこんな見てくれの非モテだからかね、余計にそう思っちゃうのかもしれない。だからこそ、何て言うのかな。やっぱりこう尋ねるしかないんだけど……本当にこの拳銃を使っちゃっていいのかい?」

「梅子さん」と蕗太郎は何やら改まったような声で言った。「僕にも、恋愛願望はあるんだ。女の子と楽しいデートをしてみたいと思うし、手だって繋ぎたいと思う。……正直言うと、東京では何人かの女の子と交際をしたこともあるんだ。でも……全然楽しくなんてなかった。交際相手と時をともにすればするほどに、いたずらに虚しさばかりが堆積《たいせき》していくんだ」

蕗太郎は続ける。

「女の子たちは、僕のことを見ると無条件に『好きだ』『好きだ』と言ってくれる。もちろん悪い気はしないよ。だけれども同時に、心から嬉しいとも思えないんだ。だってそうだろう？　彼女たちは一体僕の『何に』そんなに魅力を感じてくれているのか、さっぱりわからないんだから。僕はそんな女の子たちに少しでも自分のことを知ってもらいたいと思って、よく自分自身のことを話してみたんだ。だけれども彼女たちは僕の話をろくに聞きもせず、すぐにすべてを肯定してくれるんだ。『そうなんだ、素敵』『それってとてもいいね』って。……悪い気分じゃないよ。でもやっぱりそんなのって、とても虚しいんだ。無条件に世界中すべての女性に好かれ、すべてを肯定されてしまう人生なんてものは、およそ無条件に世界中すべての女性に嫌われ、すべてを否定されてしまう人生と、何ら変わりがないんだよ。僕は厳密な意味では、誰にも愛されてないんだ。……それにね、やっぱり自分に好意を寄せてくれている女の子を『フる』ってことは、こっちにとっても随分なダメージが残るんだ。……どうしても考えちゃうんだよね。この女の子が僕に思いを吐露《とろ》するまでにどれだけの勇気が必要だっただろうか。どれだけ悩み、葛藤《かっとう》し、僕のところに来てくれたんだろうか、って……。実際はきっとほとんど衝動的に告白してくれてる女の子が多かったんだろうけどさ。それでもやっぱり……仮にも自分のことを好きだと言ってくれている人を傷つけるのは、こっちにも同じくらいの痛みが伴うんだ。……ねぇ梅子さん」

あたしは蕗太郎の目を見つめる。

蕗太郎は声を震わせながら言った。「お願いだからそのピストルで、僕をふつうの人間に戻して欲しい。こんな不当にモテ続ける人生を歩むくらいなら、正当に人に嫌われたいんだ。だから……そのピストルで、僕の中に潜んでいるモテ病という名の『悪魔』を、撃ち殺してしまって欲しい」

あたしは小さく笑うと、呆れたように目を閉じた。この期に及んでよくもまぁ、そんな気取ったセリフを言えるもんだ。

「わかったよ」あたしは言う。「んで、あんたに撃ちこんだら、今度はあたしが自分自身に撃ちこむことにするよ。こんな見てくれのあたしがモテモテになれるチャンスなんてのは、そうそう転がってないからね」

「だ、だだ、ダメだ‼」蕗太郎は両手をブンブンと振りながら言う。「そ、そんなのは、ぜ、絶対にダメだ‼　いくらモテないからって、そんな――」

「……冗談だよ。失礼な」あたしは笑う。「この拳銃でモテモテ体質になっても効果が続くのは一週間程度だし、それにそもそもあんたの苦労話を聞かされたら、そこまで過剰にモテたいなんて思わなくなるわよ。そんなに動揺しなさんな」

「よ、よかった……」蕗太郎は心の底から安堵したように息を吐いた。「もちろん気にしてなんてないと思うけど、先ほどの月下香さんの汚い言葉を真に受けちゃいけないよ。梅子さんは、そのなんというか……今のままでも十分に――」

「気ぃ遣わなくていいよ。ありがとう」あたしは淡く微笑むと、静かに拳銃を構えた。

「じゃあ、撃ちこむわよ。覚悟はいい？」

「……あっ、も、もう撃ちこむのかい？」

「善は急げってね」あたしは言う。「撃ちこむ箇所はどこでもいいらしいんだけど、どこにする？　頭、首、お腹、太もも――」

「い、痛くなさそうだから、肩」

あたしは滑らかに引き金を引いた。

夜の浜三田川に、蕗太郎の子犬のような情けない悲鳴がこだまする。

※　※　※

それからの蕗太郎政権の凋落《ちょうらく》ぶりときたら、笑いなしでは見ていられないほどに芸術的だった。

早速翌日の月曜日から女子たちの間には絶望の色が広がり、休み時間になっても誰も蕗太郎の周りに群がろうとはしなかった。どころか『私たちはどうして今まで、あんなやつに夢中だったのだろう』と、疑心すら抱いている様子だった。蕗太郎もガラムマサラを首筋に塗りこむのはやめたようだが、それでも匂いはすぐには落ちない。そこには突如としてモテパワーを失った、哀れなガラムマサラン※（※ガラムマサラの匂いをさせている人の意）の姿があった。あたしは思わずがははと笑いながら、蕗太郎の肩を叩きにいったものだ。すると蕗太郎は照れくさそうに「ここまで露骨なものなんだね、子猫ちゃんたちは」と頭を掻いていた。その後、水曜日には親衛隊が解散。金曜日になるころには蕗太郎の下駄箱も、すっかりポスト状態から本来の様子へと戻っていた。

翌週になると、謎の非モテぶりを発揮し始めた蕗太郎に親近感が湧いたのか、あるいは笑いものにしようとしたのかはわからないが、男子生徒たちが接近するようになった。まもなく蕗太郎も自虐を武器に男子生徒たちに溶け込み、友人をつくることに成功した。今では放課後に友達と遊びに出かける蕗太郎を見かけることも稀《まれ》ではない。卒業間近であることが悔やまれるが、何にしても友人ができたのは本当にいいことだ。頰に浮かべる笑みも、これまでよりも圧倒的に自然で明るい。

いやはや、まったくもってハッピーエンドだよ。いいことをした。

あたしはそんな蕗太郎を見つめながら一人静かに自分を褒めてやると、ホームルーム終わりの教室で荷物を片付け始める。今日は早く家に帰って、もうじき店頭に並ぶことになる桜餅の試作品をチェックしなければならないのだ。

しかしそんなルンルン気分のあたしの前に現れたのは、他でもない蕗太郎だった。蕗太郎は心なしか強張った表情であたしのことを見つめたり、床を見つめたりを繰り返していたのだが、やがてゆっくりと口を開いた。

「あ……あの、梅子さん」

「どうしたのさ、そんなオドオドしちゃって」あたしはからかうように笑う。「やっぱり元のモテ体質に戻して欲しいってのは『なし』だよ」

「そ、そんなんじゃないんだ。梅子さん……その、実はっ」蕗太郎は震える手で、何やら一枚のチラシを差し出した。「これ、これに！」

「これに？」あたしはチラシを受け取ると、版面に目を通す。それは何やら現在、日の下美術館で開催中の美術展を告知するチラシのようだった。

「これに……一緒に行きませんか？」

「なぁに言ってんのさ」あたしは笑う。「せっかく友達ができたんだから、そいつら誘ってやんなさいよ。もうあたし以外の生徒とも、まともに話せるようになったんだろう？」

「ち、違うんだよ、梅子さん！」

あたしは首を傾げる。

やダメなんだ！」

「あ……あなたじゃなきゃ」蕗太郎は肩をぷるぷるさせながら言った。「あなたじゃなき

あたしはしばらく沈黙した後「……え？」とこぼした。

「僕は……僕はあなたと一緒に美術展に行きたいんだ！　この美術展では中世ヨーロッパで制作された『トゥルマリナキャット』という世にも美しい美術品が期間限定展示されると聞く。僕はそんな素敵な展示品を、ぜひとも梅子さんと一緒に、見たいと……そ、そう思っているのだよ」

あたしは自分の頬が急速に桜餅色に染まっていくのを感じながらも、それを隠すように笑いながら言葉を紡いだ。

「ば、バカ言いなさんな。モテない女を、あんまりからかうもんじゃないよ」

「からかうもんか！」蕗太郎は言う。「むしろからかっているのは梅子さん、あなたの方じゃないか。僕の誘いを……真面目に受け止めて欲しい」

あたしは何かから逃げるように下を向くと、ぽかぽかと熱を帯び始めた胸に手を当てる。思い出すのは、浜三田川の土手で蕗太郎に言われたあの言葉。

『梅子さんは、そのなんというか……今のままでも十分に――』

嘘だろう？　なんであたしが一体全体どうしてこんなことに――あたしはそんなことを考えながらも、顔を真赤にしたまま口を開いた。

「べ、別に……一緒に行くのは構わないけど――」

「ほ、本当に⁉」

「その代わり――」恥ずかしいような照れているような、そんな歪な笑みを浮かべながら、あたしは言ってやるのだ。「一緒にいると恥ずかしいからさ。そのキモいしゃべり方、早いうちにどうにかしなさいよ」

第四話

寡黙少女のオフェンスレポート

［推定六十億円相当!? 奇跡の芸術品『トゥルマリナキャット』が日の下に来る!!（小学生以下は入館料割引あり）］

僕は先生が配ったプリントに釘付けになる。世界的に有名なこの猫の置物が日の下でも展示されるかもしれないというウワサは聞いていたけれども、まさか本当にこんな田舎町に来てくれるなんて。僕は思わず胸をおどらせた。これは絶対に行きたいぞ。

「ねぇヨッシー」僕は机のすぐ横を歩いていたヨッシーに声をかける。「この美術展見に行こうよ。小学生以下なら割引もきくって」

ヨッシーはちらっとプリントを確認すると「これ、残る日程で見に行けるのは、平日だけみたいだね」と言った。

そんなバカな。僕はあわててプリントを見なおしてみる。すると確かにヨッシーの言うとおり、残る開催日は三月十八日の水曜日から二十日の金曜日だけであった。どうしてだ？

「えぇ、今美術展のお知らせプリントを配っているのですが――」担任の五十嵐《いがらし》先生は淡々とした口調で言う。「本当は先月のうちに配っておくべきプリントでした。ごめんなさい。残る日程からすると平日に授業のあるみなさんは絶対に見に行けない美術展なのですが、立場上みなさんに配っておきます。親御さんには渡さずに、各自処分をしておいてください」

……くそぉ。いつもながら何て無責任で頼りがいのない先生なんだ。

「ちぇ、見たかったなぁ……猫の置物」

「残念だったね」ヨッシーはそう言うと、ロッカーから鞄を取り出して自分の席へと移動していった。

僕も帰り支度をするために立ち上がり、同じようにロッカーから鞄を取り出す。小学校も四年生になると、ランドセルを使っている子はだいぶ少なくなってくる。僕は自分の席に戻ると、先生が帰りの会を始めるのを待った。

となりの席の芙蓉さんとちらりとだけ目があったけれども、芙蓉さんはそのまますぐに下を向いてしまった。芙蓉さんは物静かな女の子なので、正直言うとあまり会話をしたこともない。ああいう人のことを、きっと『人見知り』と言うのだろう。

「ええ、みんな帰りの準備はできましたか?」先生はいつもながら抑揚《よくよう》のない声で言う。男の人とは思えないほどにか細くて、やる気のない声だ。「ここで一つみなさんにお知らせがあります」

先生は少しだけ間《ま》を空けてから続けた。

「実は五時間目の体育の授業が終わってから、桐山《きりやま》くんのボールペンが見当たらないそうです。なんでも、お父さんに買ってもらったとっても大切なボールペンで、ずっと大事に使ってきたそうです。桐山くんはきちんと筆箱にしまっておいたのですが、体育の授業から戻ってくるとなくなっていました。ノックするところにイルカのマスコットがついているボールペンなので、もし見つけた人がいたら、先生か桐山くんに報告をしてください。よろしくお願いします」

先生が言い終えると教室全体が少しずつざわざわと騒がしくなりはじめた。こういうときに騒ぎ始めるのは決まってトン坊《ぼう》か、山崎《やまざき》だ。そして僕の予想どおり、すぐにトン坊が教室中に響く大きな声を出した。

「オイオイ！　このクラスにドロボウがいるぞぉ！」

やっぱり山崎も続く。「出てこいよ、ドロボウ！　桐山困ってんぞぉ！」

「はい。静かにしてくださいみなさん。静かにね」

トン坊「ドロボウが一緒の教室にいるなんて、耐えらんねぇよ！」

山崎「ハンザイ者！　ハンザイ者！」

道重《みちしげ》さん「学校にボールペンを持ってきてもいいんですか？」

「はい。静かにね」先生はあまり本気で静かにさせようとは思っていないみたいに、心のこもっていない声で言う。「先生は、みんなを疑いたくはありませんし、このクラスに人のものを盗むような悪い子がいるとは思っていません。なので犯人探しみたいなことはしませんし、仮に犯人がいたとしても、そんな先生の名誉を著《いちじる》しく失墜させるような問題には直面したくありません。なのでみんなも誰かを疑うようなことはしないで、もし桐山くんのボールペンが見つかったら、先生に報告をして——」

トン坊「おい誰かハンニン知らないのかぁ？」

山崎「体育のとき最後に教室出たの誰だよぉ？」

瀬戸《せと》さん「シャーペンはダメだけど、ボールペンはいいんだよ」

道重さん「教頭先生はダメだって言ってたよ」

「はい、静かにー。このままだと帰れませんよー」

周平《しゅうへい》「あっ俺、体育のとき最後に教室出た人、知ってるよぉ」

ヨッシー「やめなよ」

山崎「おい！　周平がハンニン知ってるってよ！　言えよ周平！」

トン坊「ハンニン判明するぞぉ！　みんなよく聞けぇ！」

するとトン坊と山崎からご指名を受けた周平は、少しだけ静かになった教室で先生よりもはるかに大きな声を出した。

「体育の授業のとき最後に教室を出たのはぁ……」周平は口から一杯に息を吸い込んだ。「芙蓉さんでしたぁ！」

教室中に響く驚きの声。

僕は思わずとなりの芙蓉さんをちらりと覗き見てしまう。芙蓉さんは小さな口を小さく開け、戸惑いの表情で周平のことを見つめていた。物静かな芙蓉さんは反論できるはずもなく、ただ弱々しく首を左右に振ってみせるだけであった。

こうなると、いよいよトン坊たちは元気になる。

「芙蓉サイテーだ！」「はいハンニンはっけーん！」「ハンザイ者だぁー！」「ハンザイ者っ！　ハンザイ者っ！」「茂《しげる》の父ちゃん弁護士だろ？　芙蓉捕まえろよ！」「弁護士は、捕まえないよ」「いいからはやく、芙蓉謝れよぉ！」

先生は退屈そうにも聞こえる声で「はい。やめなさーい」と言う。「先生は泥棒はいないと信じていますし、仮にいたとしても取り合うつもりはありません。なので、個人攻撃のような真似はやめてください」

しかし、大合唱は止まらない。

「しゃっざーい！　しゃっざーい！　しゃっざーい！」

芙蓉さんはいよいよ泣き始めてしまった。丸い瞳からぽろぽろと涙をこぼし、何かに助けを求めるようにランドセルについている『ひのぼん』のキーホルダーを握りしめている。小さな手は、かすかにぷるぷると震えていた。

その瞬間、僕の中で何かがぱちりと弾けた。こんなの、絶対にいけない。

「やめろよぉっ‼」僕は勢いよく立ち上がると、大きな声で言った。教室は少しだけ静かになって僕に注目し始める。「ハンニンだって証拠もないのに、芙蓉さんをウタガうようなことをしていいわけないじゃないか！　コンキョもないのにいい加減な予想はやめなよ！」

トン坊「折尾《おりお》こぇー」

山崎「証拠はあるじゃん！　芙蓉が教室から最後に出たんだよ！」

「だからってそんなのがハンニンだって証拠にはならないだろ！　それにそもそも誰もドロボウなんてしていないかもしれないじゃないか！　みんなして大きな声を出して、芙蓉さんみたいに反論が苦手な人を攻撃して……そんなのものすごくひどいじゃないか！　かっこ悪いよ！　そういう人たちの方が、僕はよっぽどヒキョウだと思うよ！」

僕は言い切った。

すると、トン坊たちはようやく静かになってふてくされたように口を結んだ。よかった。これで芙蓉さんがこれ以上疑われなくてすむ。僕は一つ安心をすると、ゆっくりと再び席についた。芙蓉さんは未だ洟をすすりながら泣いていたけれども、きっとすぐに元気を取り戻してくれるだろう。

「はい。ありがとう折尾くん」と先生はやっぱりどうでもよさそうな声で言う。「みんなも折尾くんを見習って、人のことを疑うのはやめましょうね。そんなことをしても何もいいことはありません。大人になるにつれて、きっと先生の言っていることの意味がわかるようになりますよ。……はい、じゃあ日直、帰りの挨拶を、あっ、それと折尾くんは昨日お願いしたとおり、図書室の整理作業を手伝って欲しいので教室に残っていてくださいね」

――――――

僕は図書室の整理を終えると、教室へと向かう。帰りの挨拶をしてから二時間ちかく経ってしまっているので、きっとすでにみんな帰ってしまっているだろう。一緒に帰る友達がいないのは少しだけ寂しいけれど、遅くまで学校に残っているのはなんだか秘密の仕事をやっているみたいで、ちょっとだけわくわくもした。

いつもよりほんのり薄暗い教室にたどり着くと、僕は驚いた。

「……あっ、お、折尾くん」

なんと、教室には芙蓉さんが残っていたのだ。たった一人、自分の席に座って本を読んでいるようだった。

「芙蓉さん」僕は自分の席に近づきながら言う。「どうしてまだ教室に残ってるの？」

するど芙蓉さんは恥ずかしそうに下を向きながら、小さな口で小さな声を出した。

「お、折尾くんを、ま、待ってたの……お礼を、しなくちゃと思って」

「お礼？」

芙蓉さんはこっくりと頷いた。「……帰りの会で、かばってくれたから」

「そんな、お礼なんて別に大丈夫だよ。みんな自分勝手だよね、大きな声でテキトーなこと言ってさ。芙蓉さんはなんにも悪くないのに。……悪いのはさわいでたトン坊とかなんだしさ、お礼なんて本当にいいよ」

「で、でも、お礼……。こ、これ、大切なものだけど、折尾くんに、あげる」

そう言うと、芙蓉さんは自分のランドセルの中から一本のペンを取り出した。

そしてそれを僕に差し出す。

どうやらそれはボールペンのようだった。グリップ部分がきらりと光っていて、ノックする部分には銀色をしたイルカのマスコットがついている。それで、そのイルカのマスコットは――え？　あ……ん？

……ん？

「んん？」

「……お、お礼」

「あ、あの芙蓉さん？」僕は喉を震わせながら尋ねた。「そ、それってどうしたの？」

「今日――」

芙蓉さんは言う。

「……桐山くんの筆箱から盗《と》った」

「えぇぇ!? ぬ、盗んでたの!?」

芙蓉さんはやっぱりこっくりと頷いた。「盗んだ」

「だ、だめじゃん芙蓉さん！ えぇ？」僕は一度冷静になろうと、頭を抱えてみる。だけれどもやっぱり何が何だか、うわぁぁもう。「えぇぇぇぇ!?」

芙蓉さんはきょとんとした表情で僕のことを見つめていた。何その表情？ 芙蓉さん。そういう表情を浮かべたいのは、僕の方なんだよ。

僕は呼吸を乱しながら尋ねる。「ど、どうして芙蓉さんは盗んじゃったの？」

「書き味がとってもよさそうだった」

「純粋な物欲しさじゃん！ 同情できないよ！ うわぁもう……こんなパターンあるの？」

「ご、ごめんなさい」芙蓉さんは言う。「こ、こんなこと、はじめてで……」

「あたりまえだよ。初犯じゃなかったら救いようがないよ」

「盗んでるところを、人に見られてたのなんて初めてで……」

「そっちかよ‼　常習犯じゃん！」

僕はその場に膝をつくと、思わずうなだれた。うわぁもう……なんだよこれ。みんなの前であんなふうに偉そうに芙蓉さんのことかばってしまったのに、こんな結末が待ってるなんて……。

芙蓉さんは落ち込んでいる僕の姿を、首を傾げながら不思議そうな表情で見つめている。

僕はこれからどうしたらいいのだろうとかそんなことをぐるぐると考えるのだけれども、結局のところやるべきことはほとんど一つなのだ。

「……行こう、芙蓉さん」僕は言う。「……五十嵐先生のところに、謝りに行こう」

※　※　※

桐山くんのボールペンを盗んだ犯人が芙蓉さんだったという真実は瞬く間にクラス中のみんなが知るところとなった。悪いうわさほどあっと言う間に広がってしまうというのは、やっぱり本当だった。先生は一応のところ芙蓉さんが桐山くんにごめんなさいをする形で『一件落着』っぽい雰囲気を演出しようとしていたけれども、トン坊を始めとする面白がりのやつらが事件を忘れるはずもなかった。

そして最も大きな被害をこうむったのは他でもない。僕であった。

くだらない理由だ。たまたま芙蓉さんの下の名前が『富士子《ふじこ》』だったばっかりに、あの日を境に僕は――

「おーい！」石《いし》ちゃんが僕に話しかけてくる。「ルパンは、明日の放課後ひま？　ひまだったらルパンもサッカーやろうぜ！」

僕は、『ルパン』と呼ばれている。どうやら、僕たちのお父さんとか、もっと上の世代の人たちが見ていた泥棒アニメのキャラクタらしい。だいたいがして、こういう情報を仕入れてくるのは小宮山《こみやま》だ。小宮山がどこからか『ルパン』の知識を仕入れてきて、クラスのみんなに広めたんだ。まったく、これじゃ、僕の方が主犯格みたいじゃないか……。ものすごく不本意だ。僕は石ちゃんに明日は用事があると告げると、大きくため息をついた。

どうして僕がこんな目にあわなきゃいけないんだ。僕は芙蓉さんをかばってあげただけじゃないか（結果的に犯人をかばうような形にはなってしまったけれども……）。何にしても、あのおとなしい芙蓉さんがあんなことをする女の子だなんてまったく知らなかったぞ。お母さんもよく言ってたけれど、本当に人間、見かけによらないものなんだな。

「折尾くん」

顔を上げると、そこには進藤《しんどう》さんの姿があった。進藤さんはいつもながらの優しい笑みを浮かべている。水色のスカートがとっても鮮やかだ。

「どうしたの、進藤さん?」

「このプリント、先生が折尾くんに渡してって」

「あぁ、ありがとう」

進藤さんはプリントを僕に手渡すと、少しだけ顔を近づけて小さな声で言った。「この間の折尾くんさ……」

「この間?」

進藤さんは頷いた。「芙蓉さんをかばってたときの折尾くん。男らしくて、ちょっと格好よかったよ」

僕は思わずドキッとしてしまう。

進藤さんは言った。「男子は折尾くんのことルパンとか言ってるけど、気にしちゃダメだからね」

「……あ、ありがとう」

「じゃ、またね」

進藤さんは手を振ると、自分の席へと戻っていった。僕は進藤さんの一言に心が軽くなっているのを感じる。本当に進藤さんは優しくていい人だ(……顔も可愛いし)。

僕は一つ頷いた。そうだ、僕は何一つ恥じるようなことはしていないんだ。ルパンと言われようが気にせずに、自分に自信をもって過ごしていこう。もうそろそろ五年生にもなることだし、くよくよしてもいられないぞ。

ちらりと芙蓉さんのことを覗き見てみると、なぜか芙蓉さんは怒っているような表情で僕のことを見つめていた。なんだ？　僕、何か悪いことをしてしまったか？　しかしすぐに芙蓉さんは下を向くと、次の授業の教科書を机から取り出し始めた。

――――――

「はい。ではみなさん、帰りの準備はできましたか？」先生は冷めた視線をまっすぐに向けながら、淡々と言葉を吐き出していく。「えぇ、先生もあまり気乗りはしないのですが、またみなさんにお知らせをしなければならないことがあります」

僕は背筋にうっすらと嫌な予感を覚える。

先生は言った。「物を盗んだとか、盗まれたとか、そういったことは本当にね、うんざりするので、二度と口にしたくもないのですが、先生も立場がありますので一応みなさんに報告しておきます。えぇ、今日の五時間目の音楽の授業が終わってから、進藤さんのリコーダーが見当たらないそうです」

トン坊「でたー‼　ドロボウ事件だーっ‼」

山崎「女子のリコーダー盗むって、マジかよ‼」
「はい、静かにー。静かにしてくださいねー」
トン坊「どっろぼう！　どっろぼう！」
山崎「どっろぼう！　どっろぼう！」
ヨッシー「やめなよ」
「はい。静かにね」先生はさしてみんなが静かになっていないのに続ける。「えぇ、なので、もし進藤さんのリコーダーを見つけた人がいたら、先生か進藤さんに教えてください」
教室中がざわざわとし始める中、進藤さんが自分の席で声を殺しながら泣いているのが見えた。両手を膝の上に乗せ、顔を隠すように下を向いたまま涙をこぼしている。
「先生もね、とても困っています。ぇぇ……前回のときは、わざわざ先生のところに来て『盗んでしまいました、ごめんなさい』をしてくれた人がいましたが、そこまで具体的に犯行供述をする必要はありません。おかげで先生、校長先生にこってり絞られてしまいました。なので、今度からは盗んでしまったとしても、『拾いました』と言ってくれれば、先生としてもとても助かるんです。だからみなさんも、もしリコーダーを見つけたら――」
トン坊「おい、どうせ今回のハンニンも、芙蓉とルパンコンビだろ！」

山崎「自首しろよ！　自首！　ルパン！」

小宮山「犯人が発覚してからじゃ、自首扱いにはならないんだよ」

トン坊「芙蓉サイテーだな！」

「はい、静かに──」

なんだよ、みんな好き勝手に言って。『ルパンコンビ』ってなんだよ。僕はまったくもって犯行にはノータッチだよ。それにそもそも、今回の事件に関してはどう考えても犯人は芙蓉さんじゃないに決まってるじゃないか。確かに前科はあるし、疑われてしまうのも仕方ないのかもしれないけれど、それでも今回盗まれたのは、進藤さんのリコーダーだぞ？

しかし教室はみるみるうちによくない空気に飲み込まれていく。

「芙蓉、はやく謝罪しろよ！」「死刑じゃね？」「ドロボウ女！　クラスから出て行けよ！」「こういうの『ドロボウ猫』つーんだよな」「猫ドロボウ帰れよ！」「芙蓉あやまれよぉ！　進藤泣いてんじゃん！」

芙蓉さんはじっと目を閉じて耐えていた。涙は流していないけれども、肩をひくひくと上下させ、口元で悔しさを噛み締めている。教室中の汚い言葉を一身に浴びる芙蓉さんの姿は、さすがに前回痛い思いをした僕でも胸が痛むものだった。

この間の件について芙蓉さんが悪いことをしてしまったのは事実だ。だけれども、そのせいで他の関係のない事件でまで犯人扱いされていい理由にはならないはずだ。僕は徐々にムカムカとしてくる。みんな本当に自分勝手で、人の気持ちを考えないやつばかりだ。

いよいよトン坊を中心に、芙蓉さんに対しての大合唱がはじまった。

「しゃっざーい！　しゃっざーい！　しゃっざーい！」

僕はまたしても、自分の中で何かのスイッチがぱちんとオンになるのを感じた。

「いい加減にしなよっ‼」僕は立ち上がっていた。

すると教室はやっぱり少しだけ静かになる。僕は続けた。

「た、たしかに芙蓉さんは、前回悪いことをしちゃったよ。でもそれについてはきちんと謝ったし、もう終わったはずのことじゃないか！　それなのに、なんのコンキョもなく芙蓉さんのことばっかり責め続けて、そんなのサイテーじゃないか！」

山崎「なら、芙蓉が盗んでいない証拠でも出せよ！」

トン坊「ルパンの言うことなんて信じられるかよ！」

「冷静に考えてみなよ！　今回盗まれたのは、進藤さんのリコーダーだよ？　そ、それがどうして盗まれたのか、なんてことは……それは、ちょっと僕の口からは説明しにくいけど、何となく……みんなも何となくわかるでしょ？　これはひょっとすると、芙蓉さんのハンコウに見せかけた、とってもヒキョウなドロボウのハンコウなのかもしれない！」

トン坊「じゃあ、誰がハンニンなんだよぉー」

山崎「ルパン、推理しろよぉ！」

笛の音「ピーヒョローピーピーピー」

「そ、それは本当のハンニンが誰なのかなんてことはわからないけどさ……。と、とにかく！　僕はこうやってみんなが自分勝手に芙蓉さんのことを責め続けるのを、見過ごすわけにはいかない！　芙蓉さんのことを疑うのはやめなよ！」

山崎「格好つけてんじゃねぇよ！」

道重さん「進藤さんの気持ちも考えなよ」

笛の音「ピーピーピーヒョロー」

「でも、みんなもこの事件が――」と言ったところで、僕は先ほどからほんのりと覚え始めていた違和感と向き合うことにする。

き、気のせいじゃないなこれは。……笛の音がするぞ。なんでこのタイミングで？

僕が口を閉ざすと、教室中の視線が僕のとなりに集まっていることに気がついた。さっきまでざわついていた教室はみるみるうちに静まり返っていき、たどたどしい笛の音だけが教室に響いている。僕は嫌な予感を全身でピリピリと感じながら、恐る恐る、ゆっくりと横を向いた。

するとそこには……

「あぁ」思わず変な声が漏れてしまった。

そこには、『進藤夏奈《なつな》』という名前シールが貼られたリコーダーを、ただただ無表情で吹き続ける――

「……あ、あぁ、な、な」

――芙蓉さんの姿があった。

「なにしてるんだよぉ‼　芙蓉さぁぁん！」

――――

――――

――

「すみませんでした……はい。失礼します」

僕と芙蓉さんは最後にもう一度深々と頭を下げてから職員室の扉を閉めた。教頭先生の長いお説教を終えた僕は、思わず大きくため息をついた。

「……ごめんなさい」と芙蓉さんはうつむき加減でこぼす。

僕たちは教室に置いたままにしている荷物を取りに行くために、ゆっくりと廊下を歩き出した。よくよく考えたら、どうして僕まで一緒にお説教されなきゃいけないんだ？

色々と腑に落ちないことばっかりだよ。

「どうして……」僕は芙蓉さんに向かって尋ねた。「進藤さんのリコーダーを盗んじゃったの？」

芙蓉さんは少し答えにくそうにもじもじとしている。

「欲しかったわけじゃないんでしょ？　進藤さんのリコーダー、別にふつうのリコーダーっぽかったもん」

「……ちょっとだけ」芙蓉さんは言う。「ちょっとだけ……むしゃくしゃしちゃった」

「むしゃくしゃ⁉」

芙蓉さんはやっぱりこっくりと頷いた。

「……いや、むしゃくしゃって。そんな仕事に疲れたサラリーマンみたいな動機なの？」

「あ、あの……進藤さんに、イラッとしちゃった」

「……いや、にしたって、なんでよりによってリコーダーなの？」

「……一番」芙蓉さんはぼそっとこぼすように言った。「一番、ダメージを与えられるから」

「だ、ダメージ？」

芙蓉さんは頷く。「リコーダーを盗まれるというのは、ともすれば女の子にとって一つのステータスでもある。……進藤さんもああやって泣いて傷ついているフリをしていたけど、内心ちょっと嬉しかったはず。『このクラスには、私のリコーダーを欲しがる男子がいるんだ』って。……そうやってほんの少しだけ喜ばせてあげたところで、実はハンニンが女子であると見せつけることにより、精神的にダメージを与えたかった」

「考えうる限りサイテーの動機じゃん‼　芙蓉さんの心はそんなにどす黒かったの？」

芙蓉さんはじんわりと涙を浮かべると首を横に振った。「……ご、ごめんなさい。今回のは間違っていたと思う……反省してる。も、もう絶対にしない」

そ、そんな……前回のボールペンは悪くなかったみたいな言い方やめてよ。むしろ僕には、前回の方が純粋悪だったような気すらするよ。

「と、とにかく」僕は言う。「さっき教頭先生に言われたとおり、次に盗みを働いたら一週間の自宅謹慎処分なんだから、もう絶対にこんなことしちゃダメだよ？」

「……ど、努力する」

「努力目標じゃなくて！　っていうか、そんなにギリギリなの？」僕は頭を抱えた。「成り行きで僕が芙蓉さんの監視係に任命されちゃったし、これからは僕も芙蓉さんの行動に責任をもたなきゃいけなくなっちゃったんだから、どうかお願いだよ」

「……か、監視係」

「さっき五十嵐先生に言われたでしょ。『今度、芙蓉さんが盗みを働いたら折尾くんも連帯責任です。これからは毎日一緒に登下校して芙蓉さんをきちんと監視してなさい』って。……芙蓉さんのお家ってどの辺なんだっけ？」

すると芙蓉さんは連絡帳の隅に地図を描いて住所を教えてくれた。思っていたよりずっと僕の家に近かったのでそれはよかったのだけれど、それにしても女子と一緒に登下校しなきゃいけないなんて恥ずかしい上に、監視しなければいけないなんて面倒くさい。……あぁ、少しだけ、五十嵐先生の気持ちがわかり始めている自分が悔しいよ。

※　※　※

翌朝、僕たちはラウンドアバウト手前のスーパーマーケットで待ち合わせをすることにした。

時間どおりに現れた芙蓉さんは、ぺこりとお辞儀をすると「おはよう」と言った。僕も挨拶を返し、二人で学校を目指して歩き始める。

どことなく、芙蓉さんの歩き姿はたどたどしくて危なっかしいものがあった。常に何か興味の対象を探しているみたいに、あっちを向いたりこっちを向いたりしている。寡黙な雰囲気とは裏腹に、きっと好奇心が旺盛なのだ。

しばらく歩くと、芙蓉さんは唐突にぴたりと足を止めた。

「……あ、あの」芙蓉さんは遠慮がちに言う。「トイレ行きたくなっちゃった」

「トイレ？」僕は辺りを見回す。「あぁと、そこのコンビニしかないなぁ。本当は大人と一緒じゃないとコンビニには行っちゃいけないことになってるんだけど……仕方ないか」

すると芙蓉さんは「……行ってくる」と言ってコンビニに向かって歩き出した。

「あっ、芙蓉さん。コンビニのものとか、盗んじゃダメだからね」

「うん」芙蓉さんはいつものようにこっくりと頷いた。「……でも、初めて見るような、いちご味とかの美味しそうなお菓子があったら……？」

「いやダメだよ‼　例外はないよ！　お店のものは盗っちゃダメだから！」

「……わかった」

そうして芙蓉さんはトタトタとコンビニの中へと消えていった。心配だ。あんな調子だと、本当にボールペンを盗む前から相当な泥棒を続けてきていたのかもしれない。とんでもない女の子だ。

しばらくすると芙蓉さんが戻ってきた。

「……ごめん。もう大丈夫。トイレ終わった」

一応、聞いておかなくちゃ。「……お店のものは何も盗ってないよね？」

「うん」芙蓉さんはしっかりと頷いた。「……お店のものはダメだって言われたから、ちゃんとお客さんの荷物だけ盗ってきた」

「うぉぉおい‼　なにトンチ利かせてるの⁉」僕は頭を抱えた。「……何を盗んできちゃったの？」

すると芙蓉さんは戦利品を自慢するように一つ一つ見せつけてきた。

一つ目はハンカチ――おそらく誰かのポケットに入ってただろうに、よく盗めたものだ。ふつうポケットをまさぐられたら気づきそうなものなのに。

二つ目は小さな青いケース——恐る恐る中を開けてみると、なんと綺麗な指輪が入っていた。ダイヤモンドみたいな宝石がくっついている、ものすごく高そうな指輪だ。あぁ、どうしてこんな的確に高そうなものを盗んでこられちゃうんだよ。

そして三つ目は、黒々としたリボルバー式のピストル——ピストル⁉

「だ、ダメだよ芙蓉さん」僕は慌てて全部を芙蓉さんに返すと、背中を押してコンビニへと戻らせた。「ま、まだ誰もコンビニからは出てきてないから、全部元の人に返してきてよ」

「……ど、どうして？」

「いいから早く‼」

「でも、もう、どのお客さんのものだったか……お、思い出せないかもしれない」

「いいから早く‼」

芙蓉さんはもう一度コンビニに入ると、また数分で戻ってきた。

僕はきちんと芙蓉さんがすべてを元の持ち主へと返してきたことを確認すると、近くにあったベンチに芙蓉さんと二人で腰かけた。まだ登校時間までは少しだけ余裕もある。

「ねぇ、芙蓉さん」僕は言う。

「……なに？」芙蓉さんは叱られることを予感しているみたいに、少しだけ弱々しい表情を浮かべていた。

「芙蓉さんはどうして……人のものを盗んじゃうの？」

「『私に盗まれたい』という万物の声が聞こえる」

「自分本位なスピリチュアル発言でごまかさないでよ」僕は口から息を吐いた。「正直に答えてよ。ね？」

するとと芙蓉さんはぶらんぶらんと両足を前後させながら、ゆっくりと口を開いた。

「……お父さんが、仕事が忙しくて、何も買ってくれない」

「……お母さんはダメなの？」

芙蓉さんは首を横に振った。「お母さんは死んじゃった。ずっと昔に……だから、顔も覚えてない。それでお父さんしかいない。だけれども、お父さんは『イチマツニンギョウ』っていうのをつくってる職人さんで、その仕事が忙しいから、全然相手をしてくれない。何も買ってくれない。……だ、だから欲しいものは、少しずつみんなから『おすそ分け』してもらって、生きている」

「おすそ分け……」何となく言葉を言い換えると、少しばかり罪が軽減されそうな――気はしない。やっぱりどう考えても泥棒はダメだよ。「お父さんは芙蓉さんがよく『おすそ分け』してもらっちゃってるってこと、知ってるの？」

「知らない」と芙蓉さんは言った。「でも、お父さんはよく『欲しいのなら盗め』って言ってる」

僕は驚いた。「ほ……本当に、お父さんはそんなこと言ってるの？」

「うん」芙蓉さんは迷いなく頷いた。「お父さんのお弟子さんたちが『僕にも教えてください』って言うと、『すぐに答えを欲しがるんじゃねぇ。欲しかったらまず盗め』ってよく言ってる」

「技術をね‼　技術を盗めって言ってるのであって、ものを盗めとは言ってないんだよ！」

僕は右手で髪をぐしゃぐしゃとかいてみた。これは重症だ。悪いことだと知りながら盗みを重ねていたんじゃなくて、まさか悪いことだという認識もなく盗みを重ねていただなんて……。

僕には『道徳』とか、『リンリ（確かお姉ちゃんが、そんな感じの勉強をしていた）』なんてものがばっちりとはよくわからないけれども、それでもやっぱり『泥棒がいけないことだ』っていうことはきちんと理解できているつもりだ。だけれどもじゃあ『どうして泥棒がいけないことだとわかるのか』と聞かれたら、きっとこう答えるんだ。お母さんに、あるいはお父さんに、そう言われたから、って。

芙蓉さんにはお父さんしかいなかった。そして芙蓉さんのお父さんは全然芙蓉さんの相手をしてくれてないという。ならばきっと、そうなのだ。芙蓉さんにはお父さんでもお母さんでもない『誰か』が、そのことをきちんと教えてあげなくちゃいけないんだ（なんて、僕は芙蓉さんと同い年のくせにナマイキかもしれないけれど）。

「ねぇ芙蓉さん」

「……なに？」

「少し、僕の話を聞いてもらってもいい？」

芙蓉さんは丸い瞳をこちらに向けたままはっきりと頷いたので、僕は『他人のものを盗んではいけない』ということを、なるべく僕なりの考えを交えて丁寧に話すことにした。

『他人のものを盗んではいけない』なんて、当たり前で、ものすごく簡単なことのように思えていたのに、実際に口に出して話してみると、とっても説明が難しいということに気がついた。でも僕は、芙蓉さんがせめて少しでもスムーズに納得してくれるように、言葉を選びながら登校時間ぎりぎりまでじっくりと説明を行った。

決してカンペキだとは思えないけれど、それでも僕なりにはそれなりに上手に説明できたと思う。僕が話を終えると、芙蓉さんはやっぱりこっくりと、だけれども今までよりもずっと重たい『何か』をにじませながら、頷いてくれた。

「わかった」芙蓉さんは言う。「もう絶対に、他人のものは、盗まない」

「本当に？　約束してくれる？」

「うん」芙蓉さんはベンチから立ち上がると、これまで見たことのないような明るい表情で笑ってくれた。「のっぴきならない事情があった場合を除いて、もう絶対に他人のものは盗まない」

「のっぴきならない!? だ、ダメだよ。とにかく盗んじゃダメなんだよ!」

「でも、そうすると、遭難しちゃって食料がなくなってしまったときに、たまたま入ったコテージの食べ物を、食べてはいけないことになっちゃう」

「そ、そこまで難しく考えないでよ」

「じゃあ、そういう、『どうしようもない状況』の場合は、盗んでもいい?」

「……ま、まぁ、そうだね。本当にどうしようもないときだけは、仕方ないと思うよ」

「わかった。あ、あの……」芙蓉さんは口をもごもごとさせながら言った。「いっぱいお話ししてくれて、あ、ありがとう」

僕は芙蓉さんの言っている意味がよくわからなくて、思わず首を傾げた。

「お、お父さんが——」芙蓉さんは言った。「お父さんがお仕事に集中したいから、あんまりしゃべるな……って、い、いっつも言ってたから、静かにするようにしてた。だから、こんなにお話の相手をしてもらったのは、本当にはじめてで……あ、ありがとう」

「……僕でよかったらさ」僕は笑ってみせた。「僕でよかったら、いつでも話し相手になるから、遠慮せずに色々話してよ」

「うん」芙蓉さんは本当に嬉しそうに、きれいに笑った。「絶対に……絶対にいつかお礼をするから、待っててね」

僕たちは、再び学校を目指して歩き始めた。

※　※　※

しかし月曜日——事件が起きてしまった。

どうなっているんだ……まったく。何がどうなれば、こんなことになってしまうんだ？

僕は五時間目の体育の授業が終わって教室に戻ると、仕方なく荷物を持ってトイレで着替えてから教室に戻った。少しずつ暖かくなってきているとは言っても、まだまだ冬の寒さが残っている。僕はコートの前をきつく締めると、自分の席についた。

「はい、みなさん帰りの準備はできましたね」先生はいつもの調子で言う。「えぇ、何がどうなっているのか、もう先生も考えたくないし考える気もないのですが、みなさんにお知らせしなければいけないことがあります」

僕はドキリとして先生の方を見つめた。

教室も何か嫌な雰囲気を感じ取ったみたいに、ぴりりと緊張し始める。

「また教室のものがなくなってしまいました」

トン坊「オイ、マジかよ！」

山崎「またやったのかよ芙蓉とルパン！」

……な、何が盗まれたんだろう。

「はい、静かにー」先生は言う。「今回は、佐々木《さ さ き》くんの国語の教科書が見当たらなくなりました。もし見つけた人は、先生か佐々木くんに報告をお願いします」

トン坊「はやくしろよ芙蓉とルパン！」

山崎「謝罪の時間だぞぉ！」

「それだけではありません」僕は耳を疑った。先生は淡々と続ける。「気づいている人もいるかもしれませんが、教室の後ろで四年一組みんなで飼育していたハムスターの『パッション』がケージの中に見当たりません。今日のお昼に飼育係の瀬戸さんが教えてくれました。もしパッションの行き先に心当たりのある人、もしくはうっかり、命を弄《もてあそ》んでしまった人がいたら、先生のところまで報告に来てください」

トン坊「オイ同時に二つもかよ！」

「えぇ、とても残念ですが、まだあります。喜多方《き た かた》さんの体操服がなくなってしまいました。体育の授業後、喜多方さんが着替え終えてトイレに行って戻ってくると、体操服袋ごとなくなっていたそうです。こちらも心当たりがある人は、先生のところまで報告に来てください」

トン坊「三つかよぉ！　サイテーじゃん芙蓉！」

山崎「『同時多発ルパン』だ！」

周平「やべーじゃん！　芙蓉どんだけ盗むんだよ！」

「はい、静かにー」

僕は唾を飲み込んだ。

そして改めて冷静に三つも同時に発生してしまった泥棒事件について考えてみる。佐々木くんの『教科書』に、ハムスターの『パッション』に、喜多方さんの『体操服』だって？　何が起こってるんだ？　まさか……いや、でもそんな。

早くも山崎の口から『同時多発ルパン』という謎の言葉が飛び出してきてしまったけれども、とにかく教室中の視線は確かに僕と芙蓉さんに注がれ始めている。疑わしいのは当然だ。芙蓉さんはすでに前科二犯。過去の事件を知っているクラスメイトからしたら、疑いたくもなるに違いない。

だけれども……だけれども！

僕は『芙蓉』だとか『ルパン』だとか『謝罪』だとか『ハンザイ』とかいった言葉が飛び交う教室で、となりに座る芙蓉さんの方へと視線を移動させた。するとそこには、僕のことを笑顔で見つめている芙蓉さんの姿があった。

今までのように涙をこぼしているわけでも、うなだれているわけでも、肩をひくひくと上下させているわけでもない。芙蓉さんは確かに、僕のことを見つめ、そしてうっすらとした笑顔を向けてくれているのだ。今まで見せたことのない笑顔を、見せつけてくれているのだ。

僕はそんな芙蓉さんにしっかりと頷いてみせると、ゆっくりと立ち上がった。

トン坊「来ました来ました！　ルパンが立ったぞ！」

山崎「待ってました！　ルパンの『言いわけ』が始まるぞぉ！」

そして過去二度ともそうしてきたように、ざわつく教室の中、はっきりとした言葉をぶつけてやることにする。大丈夫（少しばかり不安なことはあるけれども）、僕は芙蓉さんと確かに、約束をしたのだ。何もとまどうことはない。

「三つとも、ハンニンは芙蓉さんじゃない」

トン坊「証拠がないぞぉ！」

山崎「どうせ盗んでるんだから、素直になれよぉ！」

道重さん「パッションの気持ちも考えなよ」

「佐々木くん！」僕は佐々木くんに向かって声をかけた。佐々木くんは驚いたように僕の方を向いた。「この間から、国語の授業では『ごんぎつね』の音読発表に向けた練習をくりかえしているよね。お家で『ごんぎつね』の音読練習をしている人もたくさんいる。……それで、佐々木くんは確か、最近通い始めた劇団の教室でも音読練習をしてるって、言ってたよね？」

「あっ」と佐々木くんは口をあんぐりと開けた。「先生……ごめんなさい。そうだ、劇団に国語の教科書を持って行ったんでした。劇団のロッカーに入れっぱなしだったや。……盗まれてませんでした、僕のかんちがいでした。ごめんなさい」

よしっ。僕は握りこぶしをつくる。芙蓉さんの方を見ると、芙蓉さんは笑顔で頷いてくれた。やっぱり芙蓉さんは、何も悪いことはしていない！

「ありがとう折尾くん」と先生も褒めてくれる。「先生、泥棒なんてものは見たくも聞きたくもないんです。少なくともまっとうな人生を生きている先生のような人間が、処理や始末をしなければいけない類《たぐい》の物事ではないんです。佐々木くんも、今度からは気をつけましょうね」

トン坊「なんだよ……でも、他の二つは盗んだんだろ？」

山崎「二つでも十分『同時多発ルパン』だぞぉ！」

「他の二つも、芙蓉さんじゃないよ」僕は言い切る。「パッションは先月の終わりぐらいから、ずっと具合がよくなさそうだった。回し車にも乗らなくなっちゃってたし、水もあんまり飲まなくなっちゃってた。たぶんヒマを見つけてはトン坊がケージをゆさゆさと揺すってたせいだ。……ねぇ、そうだよね、一番お世話をしてた尾崎《おざき》さん？」

尾崎さんはぴくりと肩を震わせると、小さく頷いた。そして頷いたかと思うと、すぐにぽろぽろと涙をこぼし始めてしまった。

「尾崎さん？」

「……ごめんなさぁい！」尾崎さんは言う。「いっつもいっつも東浜《ひがしはま》くん（トン坊の苗字）たちがパッションをいじめててかわいそうだったから、私が先週の金曜日にお家に連れて帰っちゃったの。これ以上パッションの具合が悪くなるのを見たくなかったから……。病院にも連れて行ってあげたら少しずつ具合もよくなってきたんだけれど、やっぱり教室には連れてきたくなくて……」

僕は大きく頷いた。芙蓉さんも、やっぱり自信に満ちた笑顔を浮かべている。

トン坊「なんだよ、俺のせいにすんのかよ」

「はい折尾くん。いい調子ですよ」先生も頷いている。「先生はね、尾崎さんのような思いやりのある子が大好きです。パッションを大事にするあまり、お家に連れて帰ってあげたんですね。とてもいいことです。それは泥棒じゃ、ないですよ。先生としては哺乳類を教室で飼うことに非常に強い抵抗がありましたので、できればそのまま引き取ってもらえると助かります。死んだら死んだで、色々と先生のところにもクレームがきてしまうのです。尾崎さん、これからはパッションのこと、よろしくおねがいしますよ」

山崎「でも、どうせ体操服は芙蓉なんだろ？」

「体操服も違うよ！」僕は怒りの握りこぶしをつくる。「これが一番ヒキョウな事件だ！今ならばドロボウをしても、芙蓉さんのせいにできると思ったんだろうけど、芙蓉さんはもう盗みはしないと誓ってくれたんだ。だからこれも、芙蓉さんのせいじゃない……。となると一番怪しいのは、前々から喜多方さんにちょくちょくちょっかいを出していた――」

僕は指をさした。

「周平だ！」

「は……はぁ？」周平は動揺する。「ふざけんなし。なにそれ？　はぁ？」

「さっきから何か様子がおかしいと思ったんだ。汗はだらだらかいてるし、やたらときょろきょろとしてるし……。周平。その体操服袋、開けてみてよ。一人分の体操服が入っているにしては、あまりにもパンパンすぎる！」

「……は？　俺は、割と体操服、たくさん持ってくる派なんですけど？」

先生「折尾くん。ダメですよ。ちょっと流れが悪い方向に行ってます。うちのクラスからこれ以上、泥棒は出したくないんですよ？」

「正直に見せろよ！　その体操服袋の中身を、みんなにちゃんと見せるんだよ！」

トン坊「なんだよ、周平がハンニンかよ！」

山崎「ちょー変態じゃん！　周平」

トン坊「体操服袋見せてみろよ！　オラ！」

するとトン坊がむりやりに周平から取り上げた体操服袋の中から、喜多方さんの体操服が飛び出してきた。喜多方さんは軽蔑しているような表情で周平のことをにらみ、周平は今にも泡を吹きそうな表情で固まった。トン坊と山崎は大騒ぎを始め、先生はわずかに目の下辺りをぴくりと震わせる。

僕はすべてを確認すると、ゆっくりと席についた。教室はすでにあらたな泥棒である周平の方へと注意を向け、もう誰も僕と芙蓉さんの方を向いてはいなかった。よかった。僕は小さくガッツポーズをつくると、自分のことを心の中で褒めてあげた。僕はよくやった。芙蓉さんのことを守ることができたんだ。それに芙蓉さんに泥棒をやめさせることもできた（代わりに周平が泥棒してしまったのは予想外だったけれど）。本当に、すべてが最高の形で終わろうとしているんだ。芙蓉さんは、もう盗みは働かない。だから……さっき盗まれてしまった僕の――

「先生」

そんな声に、教室は再び静かになる。

そして右手をまっすぐに挙げている、芙蓉さんの姿に注目した。

な、何を言おうとしているんだ芙蓉さん？　ま、まさか……いや、でもそんな……。

「ドロボウ」芙蓉さんは言った。「ドロボウ、しちゃいました。ごめんなさい」

先生はまたしても目の下をぴくりとさせると、それでも淡々とした声で言った。「ええ、あまり聞きたくない情報なのですが、立場上仕方ありませんね。芙蓉さん、あなたは何を盗んでしまったのですか？」

芙蓉さんは僕の方を指さして言った。嘘だろ……。

「折尾くんの……お洋服です」

トン坊「はぁ？　なにそれ？　ルパン、コート着てるじゃん！」

山崎「あっ、ちげーよトン坊。わかった！」

すると何かに気づいてしまったトン坊と山崎は僕の方へと近づいてくると、僕のことを無理やり羽交い締めにした。僕は慌てて逃げようとするも、がっちりと摑まれてしまって逃げられない。

「ちょ、ちょっとやめろよ！」

「いいからいいから、これ脱がしちまえ……ほうら、それっ！」

……あぁ。

僕は教室の反応を見たくなかったので、目を閉じていた。

だけれどもすぐに、女子たちの悲鳴が聞こえ始める。

そう……そうなのだ。体育の授業から戻ると、僕の洋服はなくなっていた。ごっそりと、誰かに持ちだされたみたいになくなっていた。仕方なく僕はパンツ一枚の上にコートだけを着ていたのだ。だから……だから、今の僕は。

「こいつパンツ一丁だぁ！　変態だぁ！」「ウケるー」「……サイテー」「体操服の上にコ

ート着てればよかったのに」……言われてみればそうだったぁ。

僕がこぼそうにもこぼれない涙を目に浮かべながら絶望していると、手を挙げたままの芙蓉さんは、なぜだかほんの少しだけ嬉しそうな口調で先生に言った。

「……ど、ドロボウしちゃったんで、自宅謹慎ですよね？」

パンツ一枚になってしまった僕は、そのまま床に膝をついて、大声でほえた。教室の中で、ほえ続けた。うおぉぉん、うおぉぉんと、ほえ続けたのだった。

芙蓉さん！ 芙蓉さん！ どうして泥棒しちゃったんだよぉ！

そして早く僕の服、返してよぉ！ よぉ……よぉ……よぉ……

※　※　※

後日。

パンツ一丁のままほえ続けた姿があまりにも印象的で間抜けだったせいか、あれから僕はルパンではなく『とっつぁん』と呼ばれている。どうやらルパンを追いかけている間抜けな警察官がそういう名前らしい。こういうことをするのはやっぱり小宮山だ。あいつは許さん。

と、僕のことはいいとして。

結局、芙蓉さんは三度目の泥棒行為により自宅謹慎処分になってしまった。さっそく今日から学校には登校していない。二時間目は算数の授業だったのだけれども、僕は思わず誰も座っていない芙蓉さんの席ばかりを見てしまう。三角定規の穴に指を引っかけて、くるくると回しながら僕は考えた。芙蓉さんはいったい今、何をしているのだろう。

そもそもどうして芙蓉さんは僕の洋服を盗んだのだろうか。今考えてみても、さっぱり答えはわからない。わざわざ先生に盗んでしまったことを報告していたのも不思議だ。自分からすすんで自宅謹慎にでもなりたかったのかな？

そう、そうなんだよな。自宅謹慎に——。

僕は思い出す。……まさか。

僕は慌てて教室を飛び出していた。先生が引き止めるのも聞かず、教室のみんなが騒ぎ出すのも無視をして、そのまま階段を駆け下りる。下駄箱で外履きに履き替え、全速力で走り始めた。もし……もし万が一本当にそうなのだとしたら、とってもまずいことになる。早く行かなくちゃ！

僕は全力で走り続け、ようやく目的の場所へとたどり着いた。

するとそこには、うっすらとした笑顔を浮かべている芙蓉さんの姿があった。僕は自分の悪い予感が的中してしまったことにがっくりとしながらも、ゆっくりと芙蓉さんの元へと近づいていった。あぁ……芙蓉さん。まさか……。

芙蓉さんは僕のことを見つけると途端に笑顔を大きくさせて、美術館の入り口の方からこちらへと駆け寄ってきた。そして「お、折尾くん！」と嬉しそうに言う。「ちょ、ちょうどよかった」

僕は呆然とした表情で芙蓉さんの手に握られているそれを見つめる。

僕はあの日のヨッシーとの会話を思い出していた。

『ねぇヨッシー。この美術展見に行こうよ。小学生以下なら割引もきくって』

『ちぇ、見たかったなぁ……猫の置物』

芙蓉さんが手に持っているのは、きらきらと光る猫の置物であった。猫は上品に背筋を伸ばし、りんとした姿でまっすぐ前を向いている。堂々として誇らしげな姿は、どことなく今の芙蓉さんの姿と重なるものがあった。

[推定六十億円相当!? 奇跡の芸術品『トゥルマリナキャット』が日の下に来る!!]

「ろ、六十億円」僕は近くにあったベンチに腰かけると、頭を抱えた。「はぁ……芙蓉さん。なんてことを」

芙蓉さんは僕に怒られることを心配しているみたいに、だけれどもそれ以上に無邪気な表情で言った。「こ、これ……折尾くん、見たいって言ってたから、み、見せてあげようと思って」

「だから……自宅謹慎になったの？」

「……うん」芙蓉さんは頷く。「自宅謹慎にならないと、美術展に来られなかった。お……怒ってる？」

僕はなんと言おうかしばらく言葉を探していた。

「ど、どうしても、見せたかった……。またこういうことしたら折尾くん怒るかもしれないって思ったけど……で、でも、これは――」

芙蓉さんは言った。

『のっぴきならない状況』だった。……ど、どうしても、折尾くんにお礼がしたかった」

ダメだ。僕はとうとう笑ってしまうと、頭をかいた。

芙蓉さんがこんなにもとんでもないことをしでかしてしまったというのに、僕との『他人のものを盗んではいけない』という約束を破ってしまったというのに、やっぱりまるで怒る気になれないのだ。だって、わざわざ僕のために、ここまでのことをしてくれたのだ。

「……ありがとう」僕は言った。「本当はさ、すっごく見たかったんだ。その猫」

芙蓉さんはまたぱぁっと笑顔になった。

「見せてもらってもいいかな？」僕は右手を差し出した。「じっくりと手に持って見てみたいんだ」

芙蓉さんは頷くと、猫の置物を僕に手渡してくれた。

「それじゃ、これを一緒にじっくり見たらさ」

僕は言う。

「一緒に先生のところに謝りに行こう」

第五話

勤勉社員のアウトレイジ

川はいい。

こうやってただ橋の上から水流を眺めているだけで、これほどまでに心が安らいでいくのだ。業務に忙殺される日々の中にあって、この浜三田川のせせらぎこそがつかの間、命のオアシスだ。仕事の合間、ひとときの安寧。そう仕事の合間の、仕事の、うむ、仕事の――いかん。

せめて川を見ている間くらいは仕事のことは忘れたいのだ。川を見よう。川を。私はこの三分だけは、川を見る無機的なマシンと化すのだ。

「こんにちは」

声をかけられた。貴重な『川休憩』の時間を邪魔するのは、いったい何やつだ。

水面から視線を切ると、そこには女子大生風の美少女が立っていた。私の好みかどうかと聞かれれば、これ、私としてはもう少しばかり熟した艶《あで》やかな女性が好みではあるのだが、まぁ美人の部類に入るには違いあるまい。清純派の美少女だ。道案内でもして欲しいのだろうか。

「どうかなさいましたか」と私は紳士然とした態度で尋ねる。川休憩を邪魔された嫌悪感を顔に出してはいけない。

「いえ、特にこれといってどうというわけじゃないんですけど」美少女は微笑んだ。「何か、お悩みの様子だったので、お力になれたらなと思って声をかけました」

なんと社交性の高い少女だろう。飛び込み営業に向いている。

「悩んでいるように見えましたかね？」

「少しだけ」と少女は白い歯を見せた。歯並びも美しい。

「君は、大学生かね。学校帰りかな？」

「……まぁ、そんなところです。でも学校帰りじゃなくてレコーディング終わりです」

「レコーディング？」

「はい。ロボットのレコーディングをしてたんです。『あーあー』って、声を吹き込んでたんですよ」

「なるほど。よくわからないが、確かに声優向きの綺麗な声をしている」しかし私は少女に向かって首を横に振った。「心配をしてくれてありがとう。確かに私が慢性的な悩みを抱えているのは事実だ。しかしながらそれは、今しがたお会いしたばかりの女子大生にお話しするような種類の悩みではないのだよ」

「でも、私でも力になれるかもしれないですし、ぜひ話してみてくださいよ」

「遠慮しておくよ」

私は欄干《らんかん》から手を離すと、足元に置いていた営業鞄とサンプルの入った紙袋を摑んだ。もうそろそろ仕事に戻らなければ。川休憩はきっかり三分と決まっている。しかしそうして気持ちを入れ替えようとした瞬間、私の心はさながら塩酸でも浴びたように激しく痛んだ。川休憩によってわずか蓄えられた清々《すがすが》しい気持ちは、みるみるうちに消失していく。むぅ、腹が痛い。

「大丈夫ですか？」少女は心配そうな表情でこちらを見つめている。

私はそんな少女を右手で制した。「君もお人好しなのはいいことだが、老婆心ながらもう少し世間が怖いものだと知っておいた方がいい。そうやって誰かれ構わず見ず知らずの人間に声をかけるのは自重したまえ。いつか危険な目に遭ってしまわないとも限らない」

少女は純朴そうな表情で首を傾げた。「危険な目って……どういうことですか？」

「……それは」

私は言いかけて、少女の瞳を見つめた。少女はまるで警戒心もなくこちらを見つめている。

私は頭の中で霞《かすみ》のように鬱々《うつうつ》とした感情がもやもやと広がっていくのを感じた。もうこの際『少女暴行犯』あたりでもいいような気がしてきた。なりふりかまってもいられない。少しばかり気は引けるが、少女も携帯電話くらいは持っているだろう。少し乱暴な真似を働くふりをすれば、すぐに警察を呼んでくれるに違いない。

私は腹を据《す》えると、一度摑んだ荷物を再び地面に置いた。それから指を一本一本はらはらと躍動させながら両手を持ち上げてみせる。そして言ってやった。

「危ない目っていうのはね……お嬢さん」私は飛びかかる。「こういうことだよぉ！」

「おっと」

少女は動揺することもなく一歩引いて私の右腕を摑むと。なんと？ くるりと綺麗な一本背負いをかましてきたではないか。私はなされるがまま宙に舞い、しかしなんとか受身を取って落下の衝撃を最小限に抑える。それでも痛い。痛かった。……うぅ。

でも、これで身の危険を感じた少女は警察を呼んでくれるのではないか。

さぁ、どうする少女よ。

「悩み事、教えてくださいよ」

まだそれを言うか。なんという拘泥《こうでい》っぷり。

私はため息をついてからゆっくりと立ち上がると、スーツについてしまった汚れを叩いて払った。「君は……格闘技でもやっていたのかね」

「いえいえ」少女は笑顔で両手を振った。「もともと『ばか力』なんです。それで、悩み事っていうのは何ですか」

どれだけ気になるのだ。いっそ恐怖心すら覚えるよ。「君は、突然襲いかかってきた私のことが怖くはないのかね？」

「最初はびっくりしました。でもすぐに本気じゃないなって気づいたんで怖くなかったですよ。それで悩み事を――」

「教えるよ！　教える！　だから少し落ち着きたまえ」

「ありがとうございます！」少女は両手を合わせて喜んだ。「よかったぁ。教えてくれなかったらどうしようかと思いましたよ。私、困っている人を見かけたら手当たり次第に助けてあげないと頭がガンガン痛んで体中のもの全部吐き出しそうになっちゃうくらいおせっかいな性格なんです」

「……奇特な方だ」私は荷物を摑むと、次の得意先の方へと向かって歩き始めた。「申しわけないが仕事中なものでね、お話は歩きながらになってしまうけれども構わないかな」

「はい」

私は少女をさながら助手のように引き連れながら歩き始めた。

「早歩きで申しわけない。川休憩が少し長引いてしまったからね。こんなペースで大丈夫かい？」

「問題ないです」と少女は本当に問題なさそうに言う。

「自己紹介をしておこう」私は言った。「私は『藪田真澄《やぶたますみ》』。ご覧のとおりしがないサラリーマンだ。『たなかマヨネーズ』という食品会社で営業マンをやっている。実年齢よりも上に見られがちなのだが、こう見えてまだ二十八だ」

「『藪田さん』ですね」と少女は名前を復唱すると、暗記したことを証明するみたいにしっかりと頷いた。「私は奈々子《ななこ》です。おせっかいな奈々子」

情報が不足している。まあいい。深入りしても面倒なだけだ。

「私の悩みは存外単純でね」私は切り出した。「会社を辞めたいんだ」

「どうしてまた?」

「一言で言ってしまえば、とにかく仕事がキツイんだ。うちの会社は世に言う『ブラック企業』というやつでね、とにかく労働時間が長くてハードなのだよ」

「なるほど」

「朝は九時始業のはずなのだが、八時出社が事実上の不文律《ふぶんりつ》。退社時間は日付をまたいでしまうこともしばしば。終電がなくなってしまっても手当などないし、もちろん残業代も『みなし』でしか支払われない。土曜日の出社は当たり前で、得意先の特売の日と重なってしまったときは日曜だって平気で駆り出される。言うまでもないが、これも手当は出ない。基本給だってたかが知れている」

私はラウンドアバウトの手前までやってくると立ち止まる。

「すまないね、少し得意先に顔を出してくる。もし続きを聞きたいのなら――」

「聞きたいです」

「……しばらく待っていてくれたまえ。私はあの『ザ・セントラルダイニング』という飲食店に新作のドレッシングを紹介しなければならないのだ」

「あのラウンドアバウトの中央に建っているお店ですか？」

「ああ。交差点の中心に店を構えるなんて変わった立地の店だがね。この、日の下町は私に任されたテリトリーだから、くまなく回らなければならないのだよ……行ってくる」

私が嫌味な店主との商談を終えて十分ほどで戻ってくると、少女は忠犬のように微動だにせず待っていた。物好きな少女だ。私は次の得意先に向けて歩きはじめる。

「とにかく」私は言った。「そんなわけで私はこんな会社は辞めたくてしかたがないんだ。取り立てて自社の商品にも愛着はないし、仕事にやりがいも感じはしない。桁を間違えているんじゃないかと思うほどに厳しいノルマを課せられるわりに、達成ができないと大声で怒鳴られて小突き回される。トラブルもしょっちゅう発生する。しかしながらどんな部門でトラブルが起きようとお客に頭を下げるのは我々営業。精神はみるみる摩耗《まもう》していく。そう……摩耗していくだけなんだよ。こんな生活を続けて耐えに耐えたからといって、何らかの『スキル』が磨かれているとも思えない。私は今、『何の意味もない日常』の只中《ただなか》にいるのだ。空虚《くうきょ》で、不条理。ただただ何かをすり減らし続けているだけの、前進も後退もない日々だ。……会社を辞める以外に、私に輝かしい未来はないようにすら思える」

「……辞表を出せばいいんじゃないですか？」

「不思議なものでね」私は言う。「小心者の私のような人間にとって、何よりの苦行は『辞めたい』と上司に告げることなんだよ」

「……確かに、言いづらいものはあるかもしれないですね」

「そうなのだよ」私は頷く。「これまで会社を辞めていった人間を、私は何人も見てきている。しかしながら彼らはみな例外なく上司に引き止められ引き止められ、それでも考えを改めなければ罵声を浴びせられ周囲の人間との関係を最悪な状態にさせられた挙句に退職させられている。あれは見ているこちらとしても辛い。そして当然のことながら、一人退職してしまえば残された人間たちは退職した人間の分の仕事をこなす必要がでてくる。そうなると、みな表面上は退職していった人間を理解するような素振りをみせつつも、内心呪ってしまうのだよ。あいつが辞めたせいで、私たちはいっそう辛い思いをしているのだ、とね。……まぁ、そんなわけだから私は辞めたいと思いつつ、辞められない、そんなジレンマの中にいるわけだよ」

「なるほど……」

「しかし話はこれで終わりじゃない」私は立ち止まると、目の前のスーパーマーケットを指さした。「また、少し寄り道をさせてもらうよ。今度はこのスーパーにお詫びのハンドタオルセットを渡さなければならないのだ。先日、うちの配送がドジをしてね……。しばし待っていてくれたまえ」

「はい」

店長に土下座をさせられたり靴を舐《な》めさせられたりしてから再び彼女の元へと戻る。やはり彼女は笑顔で待っていた。まったく、とんだ変わり者だ。悩みを聞いてくれる人がいるのは存外悪い気分もしないが。私は歩き出すと、話を再開した。

「そんな中、私は一つの作戦を立てたのだ」

「作戦……ですか？」

「ああ」私は頷く。「辞めたいが『辞めたい』とは言えない。辛いが唐突に逃げ出すほど無責任にはなれない。そんな私が編み出したのは題して『不祥事クビ大作戦』だ」

「不祥事クビ……大作戦？」

「その名のとおりだよ。自分からは辞められないので、会社の方から穏便にクビにしてもらうことにしたのだ。『クビにしてもらうために最大限の努力をする』それが『不祥事クビ大作戦』……しかし。ここからが私の不幸の始まりだった──」

私は思い出す。あの戦いの日々を……。

最初の作戦は題して『会社の重要書類、まるごと処分しちゃいました（テヘヘ）大作戦』だった。なかなか画期的な作戦だったはずだ。会社の重要な書類を軒並み廃棄してしまうという大馬鹿を演じれば、会社も私のことを処分しないわけにはいくまい。

そう考えた私は、早速深夜の経理部門に侵入し、領収書や納品書を始めとする経理部門の重要書類を根こそぎシュレッダーにかけてしまったのだ。私はシュレッダーの最終利用者が自分であることを名簿に記載すると、そのまま翌日を待った。明日になればきっと上司が顔を真赤にしながら私を怒鳴りつけるに違いない。『藪田！　なんてことをしたんだ馬鹿者！　この責任をどう取るつもりだね⁉』と。したらば私は言ってやるのだ。『申しわけございません。この責任はどうか私のクビで……』。その日は興奮から眠れず、私はずっと天井のシミを数えながら翌日を待った。

しかし私は、上司に叱責《しっせき》されなかった……もちろん、会社を辞めることもできなかった。

「どうしてですか？」

「国税局の査察が入ったのだよ」私は言う。「うちの会社に不正経理の疑惑が持ち上がったのだ。翌日、唐突にスーツ姿のマルサどもがわっせわっせと本社に乗り込んできた。しかしながら、私が重要書類を根こそぎ処分してしまったばっかりに、国税局は決定的な証拠を摑めなかったのだよ。まったく……とんだ偶然というか、幸運というか、不幸というか。私はもちろん『表向き』には徹底的に叩かれた。しかし後日、私は役員に呼ばれ死ぬほど高級な寿司をたらふく食わされた。『君は素晴らしい。事前に国税局の査察を察知し、見事に証拠を隠滅《いんめつ》してくれた。君のような野性的な勘を持った社員を、我々はずっと待っていたのだよ』……辞令が交付された。ヒラ社員だった私、藪田真澄は、晴れて『主任』に任命された」

「……ご出世されたんですね？」

「給料がほんの少しだけ増え、責任はそれ以上に増し、仕事量も増えた。本末転倒だよ」

私はこれではいけないと考えた。第二弾はより周到にやるべきだ。一発大逆転で出世も栄転もしない、確実な方法を考える必要がある、と。

そこで私が考えたのは『大嫌いな上司、問答無用ラリアット大作戦』だ。

ターゲットにしたのは鎌ヶ谷《かまがや》という常務だった。こいつはロクに仕事もできないくせに、ねちねちと嫌味を言うことを得意とし、飲み会では延々と自慢話を垂れるというハゲクソジジイだった。出世できたのも奇跡的なまぐれの連続によるもの。私を始め、社内の誰からも嫌われていた。どうせ暴力をふるうなら、やつしかいない。私は決意を固めると、チャンスを窺い続けた。

そうしたある日、私は偶然にも役員会議室からあのハゲクソ鎌ヶ谷が汚い面《つら》を晒《さら》しながら退出してきたのを目撃したのだ。今しかない。今なら役員も見ている。

私は腹を据えると、持っていた資料を放り投げ、全力で鎌ヶ谷に向かって走っていった。そして首もとをえぐるように強烈なラリアットをかましてやったのだ。鎌ヶ谷は度肝《どぎも》を抜かれたように目を丸くし、しかしすぐにタイルカーペットの床に倒れ、白目を剝いた。

私は興奮した。やった、ついにやってやったのだ。

役員だけではない。フロアの誰もが私のことを見ていた。

私はもうひと押しだと思い、大声で叫んでやったのだ。

『このクソ常務！　お前のような人間が、私は大嫌いなのだ！　お前のような人間がいるから、この会社はどんどんと悪い方向へと傾いてしまっている！　お前のような人間は万死に値する！　そのまま床に這いつくばって一生を過ごしていたまえ！』

「……とね」私は少女に言った。「言ってやったのだよ、大声で」

「やりましたね！　で、どうなったんですか？」

「そのまま役員に会議室に来るよう告げられた。そして言われたんだ」

私はあの日の、竹下《たけした》専務の言葉を思い出す。

『まさか、こんなことになるとは思いもしなかったよ。君は――藪田くんと言ったかな？　君のすさまじいガッツ。しかと見届けさせてもらったよ。よりにもよって「社員の労働時間超過について改善を求めに来た」鎌ヶ谷を張り倒し、あそこまでの罵声を浴びせるとはね』

その瞬間、私は固まった。

『いやぁ、若いやつらも捨てたものじゃないと、再認識させられたよ。鎌ヶ谷のようにコンプライアンスを謳《うた》う「甘い」人間も確かに必要かもしれない。しかしそれ以上に「もっと働きたい」「もっと働かせてくれ」「我々は労働マシンなのだ」という君のような熱意にあふれる社員によって、会社は動かされていく……』

『あ……あの』

『「これ以上働かせたら、みんな辞めちゃいますよ」と懇願しに来た鎌ヶ谷に対して「お前のような人間がいるから、この会社はどんどんと悪い方向へと傾いてしまっている」と吐き捨てたのだから、我々もたまげた』

『い……いえ、あのう』

『素晴らしい。君には本当に感心させられたよ。君みたいな人材を、我々は求めていたんだ』

またも辞令が交付された。

藪田主任は、晴れて藪田『担当課長』になった。

「また……」少女は遠慮がちに言う。「出世されたんですね？」

「二十代で担当課長にまで上りつめたのは、会社史上私で三人目だったらしい。スピード出世だ。私は不幸なことに『ブラック企業化をますます推進する旗頭《はたがしら》』として、課長職をこなすことになってしまった。いずれにしても仕事量はヒラ時代の四倍には増え、責任も八倍くらいにはなった。いよいよ慢性的に胃がキリキリと痛み、この辺りから『固形の便』というものを見る機会が失われていく」

「……そ、壮絶ですね」

「しかし私は、まだ諦めきれなかった。否……これだけ仕事量が膨れ上がってしまったからこそ、なおいっそう会社を辞めなければならなくなってしまったのだ」

作戦第三弾を、私は不退転の思いでこしらえる。

その名も『通勤電車の中で見ず知らずの若者、問答無用ラリアット大作戦』。これは実に欠点のない作戦であった。前回のように『上司』ではなく、見ず知らずの人間を殴り倒すことにより私の罪はいよいよ大きくなり、会社も社内の問題としては処理ができなくなるはずだ。世間様への配慮として私をクビにせざるを得ない。そう考えればこそ、この作戦に関しては失敗する余地がなかった。私は決意を固めると、大きな唸り声を上げたものだ。

ある日の通勤電車。私はたまたま乗り合わせた若者に狙いを定めた。とくにこれといって理由があったわけではないのだが、とにかく見た目が気に食わなかったのだ。チャラチャラとした服装をし、髪の毛を金色に染め上げつんつんにおっ立てていた。そして恋人らしき女性に対して大声で『やっぱマジかわいいよお前』とか『ヤバいわ、実際。ヤバい』

とよくわからないことをうだうだとのたまっていたのだ。もう我慢ならん。あいつに決定だ。

私はなるべく『危ない人』を演じるために、電車が駅に停車したと同時に奇声を上げてみた。そうして衆目を存分に集めたことを確認すると右手を振り上げながら若者に向かって駆け出し、やはり自慢のラリアットをかましてやったのだ。

若者は卒倒。鎌ヶ谷常務よろしくその場で白目を剝いた。

私はやはり、とどめのひと押しとして大声で叫んだ。

『見たかこの下らない若者よ！　俺はお前みたいなやつが大嫌いなのだ！　私は「たなかマヨネーズ」という会社に勤務している藪田という者。今の一撃は私個人の一撃でありながらしかし、たなかマヨネーズの一撃であるとも心得よ。たなかマヨネーズとは、こういう社員で構成されたクレイジーな会社なのである！　アイムたなかマヨネーズ！　ウィアーたなかマヨネーズ！　たなかマヨネーズ万歳！』

自分の身分を明かし、会社のイメージを著しく下げることも忘れなかった。

「今度こそは――」少女は言う。「うまくいったんじゃないですか？」

私はため息をついた。「その後、すぐに駅員がやってきたよ」

駅員は私とぐったりした若者、それからやつの恋人らしき女性をホームに降ろすと、事情を尋ねてきた。私は早速自分の異常っぷりを説明しようと口を開いたのだが、すぐに女性に言葉を遮られた。女性は泣きながら、こう言ったのだ。

『この人は、私の恩人です』

呆然とする私の前で、切々と、彼女は目に涙を浮かべながら言ったのだ。

『この男の人にナンパされて困っていた私を、藪田さんは助けてくれたんです。乗客の誰もが見て見ぬふりをしていた中、たった一人勇敢に立ち向かってくださったのが「藪田さん」……いえ、「たなかマヨネーズさん」だったんです‼』

「それで──」少女は遠慮がちに尋ねる。「その後は、どうなっちゃったんですか?」

「表彰……されたよ」

「会社から、ですか?」

「市長からだ」

「市長⁉」

「これがそのときの記事だ」私は鞄の中から地方紙の記事を取り出すと、少女に渡した。

「そのチンパンジーみたいな男性が市長さんで、横で笑みを浮かべてるのがうちの社長。一番端でメダルを首にかけたまま目を半開きにしているのが私だ」

「……ひょっとして」

「ああ」私は頷く。「私は晴れて『部長代理』に任命された。いよいよ二十代では異例の大出世。たなかマヨネーズの評判を無駄に向上させてしまったばっかりに、こんなことになってしまったのだ。仕事は更に増えた。どころかいよいよ部下もできてしまった。もう最悪だよ。辞めたくて辞めたくてしかたがないのに、辞めようとすればするほどに事態は好転——と言うのが正しいのかどうかはわからんが——してしまう。何がどうなっているのだ」

「そうか。だからさっき、私に飛びついてきたんですね？」

「ん？　あぁ、そうだ。少女暴行犯になれたらと思ったんだが……君の腕力と好奇心が尋常ではなく強かったことによりご破算になってしまったがね……。と、以上が私の悩みだ。一言で言ってしまうのなら『会社を辞めたいのに、辞められない』。これですっきりしたかね奈々子さん。短い間だったが、愚痴をこぼす相手をしてくれて助かったよ。随分とスッキリした。それではまたいつか、お会いすることがあれば——」

「何言ってるんですか！　藪田さん！」少女は怒ったように言う。「ここまでお話を聞かせていただけたんですもん、私にも藪田さんの『不祥事クビ大作戦』を手伝わせてくださいよ！」

「な……何を言っているんだい。さっき出会ったばかりの君にそんなことをお願いできるわけがないじゃないか。さあさ、帰ってくれたまえ」

「そんなこと言われたら……うぅぅ。は、吐きそう」

「こんなところで『困っている人を見かけたら手当たり次第に助けてあげないと頭がガン

ガン痛んで体中のもの全部吐き出しそうになっちゃうくらいおせっかいな性格』を存分に発揮しないでくれたまえ。さぁ、頼むから私のことは忘れて」

「お、お願いです。私にも藪田さんの、手助けをさせてください！　じゃないと……うぅ。苦しい……。お願いです。もし私に藪田さんのお手伝いをさせてくれるのなら、何でも言うことを聞きますから」

「ど、どれだけ差し出すんだね、君は……。聖母も苦い顔するレベルの献身性じゃないか。わかった、わかったよ。奈々子さんに手助けをお願いさせてもらうよ」

「本当ですか！」少女は唐突に元気を取り戻したように笑顔になる。「よかったです。最初見かけたときから、ずっと藪田さんの表情が曇っているようだったんでとっても不安だったんです。どんなことがあろうと、絶対に藪田さんは、自分が輝けると思う場所を見つけるべきだと思うんです！　藪田さんの表情に巣食った『曇り』、一緒に晴らさせてください！」

　私は少女に毎週金曜日のこの時間は同じルートを巡回している旨を告げ、その場を後にした。

　悲しいかな、少女と別れて数分後に入ったクレームの電話のせいで、私は少女と交わした約束をすっかり忘れてしまったのであった。よって私は翌週金曜日、浜三田川の橋の上に少女が現れた理由をすぐには思い出せなかった。

「お待ちしてましたよ……藪田さん」

「あぁ、君は確か先週の……」

「私、藪田さんのためにバッチリこの一週間、考えてきたんです」

「……考えてきた？」

すると少女は私にA4用紙の束を渡してきた。その枚数、五十枚には及ぼうか。一体何だと思いぱらぱらとめくってみると、丁寧に記載された『不祥事クビ大作戦候補』の数々。私は思わず呆然と口を開け固まった。

その作戦の一つ一つ、ディテールまで実に細かく作りこまれている。『お母さん登場！うちの息子をこれ以上働かせないでください。モンスターペアレント大作戦』にはじまり『驚愕！　駐輪場トリモチ化大作戦』『さぁ行くわよ！　上司全員オネエになっちゃった大作戦』など私の脳みそではまったく理解の及ばない作戦までもがぎっしりとまとめられている。

「その中から」少女は少しだけ得意気に言う。「好きなものを選んでください」

「これを……全部君が一人で考えたのかね？」

少女はしっかりと頷いた。

「し……しかし」私は頭を掻く。「大変ありがたいのだが、私にはこれだけの膨大な書類に目を通す時間がなくてね……。もう少しオススメの作戦を絞ってくれるとありがたいんだが」

するとと少女は私の依頼を快諾。すぐに作戦を精査し、成功の可能性が高いものを選別してくれると胸を張った。「藪田さんのアドレスを教えてください。あとでメールを送っておきますんで」

少女は自身の宣言どおり、その日の夜のうちにメールを送ってきた。作戦数はぐっと五つ程度に絞られている。私は感心しながらも、仕事終わりで時刻はすでに深夜三時を回っていたため「ありがとう。あとでチェックしておきます。またいい作戦を思いついたら、教えてください」とだけメールし、その日は眠りについた。

それからは、なかなか悪くない日々が続いた——否、仕事がきつく、血反吐《ちへど》を吐きそうだったことに変わりはないのだが、少女とのメールのやりとりによってかすかに生きる希望がわき始めてきたのだ。どれだけ仕事に疲れてへとへとになろうと、家に帰れば必ず少女からのメールが届いていた。私はついつい忙しさにかまけてそっけない返事をしてしまうのだが、少女のメールは私の態度など意に介さず丁寧で華やかだった。毎週金曜日には、少女は必ず橋の上に現れた。そしてわずか数分程度ではあるのだが、ささやかな雑談に興じたりもした。

私は時折涙をこぼしそうになった。この真っ黒な世界に、少女が一本の蜘蛛《くも》の糸を垂らそうとしてくれている。一人ではついぞうまくいかず挫けかけていた退職への道を、彼女が照らそうとしてくれているのだ。そう考えると、なにやらこの地獄の釜茹《かまゆ》でのような毎日も、きちんと終わりの用意されているマラソンのように感じられた。あともう少し。あと何キロなのかはわからないが、そう遠くない未来、私は解放される。

最初は違和感の大きかった少女の作戦内容も、徐々に精度の高いものへとブラッシュアップされていった。これならうまくいくかもしれない。私は確かな手応えを覚えつつあった。


そんな折、私は本部長に呼びだしをくらった。さて何事かと本部長の元を訪ねると、本部長は私を椅子に座らせ何やら嬉しそうに話を始めた。

「実はアメリカの大手ホットドッグチェーンの『ダックスフード社』が、今年の九月を目《め》処《ど》に全面的にうちのマヨネーズを採用したいとの申し出をしてきている。なんでも、向こうさんのCEOが日本に来た際に試食したうちのマヨネーズを甚《いた》く気に入ってくれたらしい。それで来る三月十七日の火曜日に、先方のエライさんがうちの本社と工場を視察しに来ることになった。そこで、その接待……というか本社案内を、藪田、お前にお願いしたいと思う。色々と社長とも相談したんだが、『我が社の精神を体現したような若手』を案内役に立てたいということになった。するとなると、私にはお前以外に適任が見当たらない」

なんと勝手な。こちらは通常業務で手一杯だというのに。

「そんなわけで、よろしく頼む」と言われると、私は結局断りきれず口では承知いたしましたと言ってしまうのだが、胃袋の辺りでは漆黒の小宇宙がぐらぐらと煮え立っているような感覚であった。なんでそんな面倒なことをしなければならないのだ。そもそも私は英語など微塵もできないぞ。『イエス』と『ナイストゥーミーチュー』が限界だ。

うぅ……。そんなことを考え始めると、私の十二指腸はきゅるきゅると音を立てて収縮し始めた。いかん、目眩《めまい》がする。私は慌ててトイレに駆け込むと、便座の上で頭を抱えた。なんでこうも次々にいらない業務が舞い込んでくるのだ。早く、辞めたい――。

そう思った瞬間。私は閃《ひらめ》いたのだった。

この機会を逃す手はない、と。

私はその日の夜、退社をするとまっさきに少女にメールを送った。アメリカの大事な得意先の応対をしなければいけなくなった。この機会に、ぜひともとびきり冴《さ》えた『大作戦』を一つ、お願いしたい、と。

金曜日。

少女は、私に作戦を伝授してくれた。

私はその作戦の出来栄えに太鼓判を押すと、静かに涙をこぼした。

いける。これならばいける、と。書類破棄のときのように社内の不祥事としてもみ消されてしまう心配もない上に、確実に得意先にショックを与えることができる。しかも今までのようにともすれば『刑事事件』に発展してしまうような内容ではないところも実に巧妙だ。私は解放される。解放されるのだ。

「いいですか藪田さん」少女は右手の人差し指を立てて言う。「今回の作戦、藪田さんは終始受け身に徹してもらって大丈夫です。『その子』の指示に従ってもらえば、万事うまくいくはずですから」

「わかった」私は噛みしめるように頷いた。「とにかく奈々子さんの知り合いである、金髪の『北欧美人』が現れるのを、待ち続ければいいんだね？」

「はい」

少女はにっこりと微笑んだ。

私の胸は、静かな高鳴りを覚えた。そして、そう、この胸の高鳴りはもはやブラック企業脱出間近による解放感だけのものではなくなってきていたのだ。私は恥ずかしながら、この少女にときめきを覚えつつあったのだ。第一印象ではさほど琴線に触れることのなかった彼女の容姿であったが、中身を知れば知るほどに、彼女の温かな心に触れれば触れるほどに、私の心は彼女のことを欲してやまなくなっていったのである。

なんと。なんということだろう。

男、藪田真澄、二十八歳独身。かつて『恋』という『恋』をほとんど経験したことがなかった私が、こんな形で恋のときめきを覚えることになろうとは……。もちろんこれまでの人生でそれらしき経験はいくつかあったし、まったくもって初めて覚える感情と言えば嘘になる。それでもよもや、この歳になって二十歳《はたち》そこそこの女性に恋をしてしまうとは。

そんな中、私は一つ決意を固めつつあったのだ。

作戦が無事に終了した暁《あかつき》には、この気持ちを彼女にきっと伝えようではないか、と。

作戦前日の夜は、面倒なことに社内の懇親会だった。私はげんなりした気持ちを覚えながらも、それ以上に『さらば、たなかマヨネーズ』の気持ちでどことなくそわそわ、そしてワクワクしていた。私は居酒屋の適当な席に腰を下ろすと、たまたま隣に居合わせた同期の諏訪部《すわべ》と話をした。

この諏訪部というやつも、言ってしまえば私の同志である。会社の待遇に不満を持ち、辞めたくて辞めたくて仕方がないと思いつつも辞めきれない、そんな情けない同志だ。

「実はさ藪田」諏訪部は少しだけ照れくさそうな表情を浮かべながら言った。「俺、結婚しようと思うんだ」

「めでたいじゃないか」私は素直に祝福した。三十代を目前にしたこの歳になると、急激に結婚の報告も増えてくる。珍しい話じゃない。「よかったな」

「ああ、つっても、まだプロポーズしてないんだけどな。婚約指輪はもう買ったんだけどさ」

「プロポーズ、失敗しないようにするんだぞ」

「はは……」諏訪部は苦笑いを浮かべた。「実際さ、プロポーズが失敗したら俺、きっと死ぬわ。ピストルでも撃ちまくって、大暴れしてやんよ」

「なんだそれは、物騒《ぶっそう》な」

「冗談だって。とにかくそんくらいの『愛』と覚悟だっつーことよ」諏訪部は微笑んだ。

「でも、あれだな。結婚するとなると、いよいよ会社は辞められないよなぁ」

「ん?」私はなぜだかそんな諏訪部の論拠がわからず戸惑う。「どうしてだ?」

「はぁ? だってそうだろ?」諏訪部は当然のように、当然のことを言う。「嫁さんのこと養わなきゃいけないんだから。この歳になってくると転職ってのもいよいよ間口が狭くなってくるし、仕事に文句も言ってられなくなってくるだろ? 雇ってくれて、それなりのお給料払ってくれるだけで、御《おん》の字ってもんよ」

私は心臓にひんやりとした痛みを覚える。

ん? 私は、なぜだか唐突に視界が黒々と染まっていくような感覚に苛《さいな》まれた。何だこれは。何なのだこの感覚は。すると隣で盗み聞きをしていた女子社員が笑いながら諏訪部に話しかけた。

「そうですよね。正直なとこ、うちの会社は働くにしては酷い会社ですけど、旦那さんの勤め先としては優秀ですもんね。給料は今ひとつふたつですけど、業績は安定してるし、労働時間以外の福利厚生はそれなりにしっかりしてるし」

「ある意味夜遊びする暇がないのも、嫁さんにとっては安心かもしれないしな」

「はは。ホントですよね。ふらふらしてるマヌケな旦那さんなんて絶対嫌ですもん」

私は、横隔膜辺りからせり上がってくる絶望をかみしめていた。

二人の会話は、ちょうど私のウィークポイント――否、意識したこともないようなポイントを狙って強打をしてくるのであった。

『結婚するとなると、いよいよ会社は辞められないよなぁ』

それは至極まっとうな意見で、何一つ違和感を覚えるセリフじゃない。しかし私にとってそれは、さながら世界を揺るがす革命的なテーゼに思えたのだ。というのも、私はこれまでずっと『ただ一人』で生きることを前提として、ただ一人で生きてきたからだ。恋人？　嫁さん？　ましてや子供？　そんなものは私にとっては無関係で遠い世界の話であるように思われていた。

でも、どうだろう？　私は、心のどこかで期待してはいなかったか？　いつかきっと、素敵な女性と恋に落ち、結婚をしてみせるんだという淡い、儚い、ささやかな夢物語を。否定はできない。なにせ現に今、私は年下の女性に恋をしてしまっているのだ。会社を辞めたら……結婚は、恋は……できない？

『ふらふらしてるマヌケな旦那さんなんて絶対嫌ですもん』

私は、仕事を無事に辞めることができたら、どうするつもりなのだ？　本腰を入れて考えたことがなかった——否、そんなことはない、漠然とは考えていた。これまでのキャリアを活かせば、どこかしらの中小企業にでも拾ってもらえるだろう。そしてその転職活動の時間を得るためにも、まずは会社を辞める必要がある。なにせ今は少女のメールに目を通すことすらままならないほどの激務続きなのだ。私の判断は、きっと間違っていないはずだ。まずは辞める。これからのことはそれから考える。

『この歳になってくると転職ってのもいよいよ間口が狭くなってくる』

……私はまだ、二十八だぞ？　まだ会社じゃ若者、若手と謳われるピチピチの二十代だぞ——でも、三十までいくらもない。『三十路《みそじ》』という言葉が、とうとう自分を含めた人間を侮蔑する単語になろうとしている。

いったい……私はこの先、どうするつもりなのだ？　会社を辞めれば確かに自由が手に入る。だけれども、私はそれ以外のいったいどれだけ多くのものを失うことになるのだ？

「き、君！」私は女子社員に話しかけていた。

「ど、どうしたんですか藪田代理? そんなに慌てちゃって」

「そ、その上手くは説明できないが、仮に無職だけれども、夢いっぱいで、とても素敵で優秀な男性がいたとしてだな……その人間は、ずばり恋愛対象かね?」

「うーん。無職は当然ながらご遠慮願いたいですね」

「収入が多くないと……ダメかね?」

「うーん」女子社員は顎《あご》に人差し指を当て、考えるような仕草を見せてから言った。「別に『贅沢がしたい』から収入の多い男性と結婚したいってわけじゃないんですよ。でも、いわば『収入』の多さっていうのは、一つ『人間力』のバロメーターじゃないですか。お給料っていうのはその人の存在の対価として支払われるものですから。だから無職だとか、収入のない人っていうのは、その分『魅力』がなく見えるのは、仕方のないことなんじゃないですかね?」


——————


私はスーツの襟を正すと、エントランスの向こうを社長、本部長とともに見つめた。

するといよいよ黒のハイヤーが現れ、我々の前にぴたりと停止する。中から現れたのは他でもない、大手ホットドッグチェーンダックスフード社の重役、カーネル・マクドナルド氏であった（ものすごい名前だ）。マクドナルド氏は深々とお辞儀をする我々の肩を叩くと、満面の笑みを浮かべながら一人一人と握手をしていく。私も、マクドナルド氏の大きな手と握手を交わし「ナイストゥーミーチュー」と声をかけておいた。

そんな私の心中は、実に混沌《こんとん》としていた。

海外の重役を相手にする緊張感——などというものはほとんどない。そんなことよりも、私にとってはこれから始まる『作戦』の方がよっぽどの関心事であった。いよいよ決行される作戦に対する不安と、頭を過《よぎ》る昨日の諏訪部と女子社員の会話、そして私の少女に対する淡い恋心。すべてが明確な解答を見る前に、この日を迎えてしまっていた。さながら発表内容が固まっていないままプレゼン当日を迎えてしまったような心持ちだ。こうなったらもう、後には引けない。しかし本当にこのままでいいのか？

我々はマクドナルド氏を本社一階へと通すと、入館手続きのために受付へと案内する。マクドナルド氏は嬉しそうに何やら早口で「ペラペーラ」と話しかけてきていたが、私はもちろん、社長も本部長も英語はてんでわからなかったので、みなして「イエス」「イエス」と答えておいた。

私は腕時計を確認する。もう、まもなくだった。

ごくりと唾を飲み込むと、ガスを逃がすよう長い息を吐く。

心臓が暴れだし、指先がじんわりとしびれ始める。いよいよ……いよいよだ。

次の瞬間、本社中央のエントランスドアが勢いよく開け放たれた。

来たっ！

やってきたのはまごうことなき北欧美人――彼女だ。間違いない。

「だ、誰だね君は⁉」

「な、なんだ、あの格好は⁉」

慌てるは社長と本部長。マクドナルド氏は事態を把握しかねたように呆然と北欧美人を見つめている。やがて北欧美人は――ピッチピチの真っ黒いボンデージに身を包み、革製のムチを右手にたずさえ現れた北欧美人は――こちらまでやってくると、私のネクタイをガッチリと摑んだ。

いよいよ始まるのだ……

『屈辱！　行きつけのＳＭクラブの女王様が会社にまで押しかけて来ちゃった大作戦』が。

「ヤブタ……いや、『ブタ』」

北欧美人は言う。日本語の発音は予想外に綺麗で、その上、声がどことなくあの少女に似ていた。私はごくりと唾を飲み込むと、唯一少女より与えられたセリフを口にした。

「ど……どうして、勝手に職場にまで来たのだね」

「とぼけてるんじゃないわよ。ブタのお行儀が悪いからに決まってるでしょうが」

そう言うと、北欧女王様はネクタイを掴んだまま私の足を華麗に払った。私はなされるがまま床にうつ伏せで倒れこむと、お尻を突き出すように命令された。

「ほれブタ！　お仕置きの時間だよ！」

そのまま北欧女王様は、持っていた革製のムチで私の尻を思い切り叩いた。

「あうっ！」思わず変な声が漏れる。

「ほれほれ！　ブタ、あんたの上司も、得意先のアメリカンも見てるよ！　どうだい？どうなんだい？　どんな気持ちなんだい？」

呆然としていた本部長も、はたとこれではいけないと思い直したように慌てて北欧女王様を止めに入った。「これ、何をしてるんだ君！　出て行きたまえ！」

しかし北欧女王様は動揺もしない。止めに入った本部長の両腕をいとも簡単に掴むと、両手両足を華麗に手錠で縛り、そのまま床の上に投げ捨てた。

「うほぉ」本部長は床に倒れこむと、私のことを睨み見た。「こ、これは……いったいどういうことだね、藪田！」

「……すみません。どうやら私が通いつめていたSMクラブの女王様が、サービスの一環として来てしまったようです」

「バカ者！　大事な接待中だというのに、貴様どうしてくれるんだ！」

「……せ、責任は私のクビ――」

「ええい！　そんな話は後だ！　いいからあのボンデージの女性を止めるんだ！　このままでは社長もマクドナルド氏も……あっ」

北欧女王様は手練《てだれ》であった。

すでに社長は全裸で床に仰向けに寝かされており、そしてマクドナルド氏はやはり全裸でそんな社長の顔面に無理やり座り込まされていた。なんと……なんと過激なことをしてくれるのだ。北欧女王様よ、少しばかりやり過ぎではないか？

「ほれ、もう一度言ってご覧なさい」

「ワ……ワタシハ、ミ、ミニクイ、ブタデェス」

マクドナルド氏が何か言わされている!!　そして社長は完全に呼吸器を塞がれているように見えるが、果たして息はできているのか？

「ほら、その続きも言うんだよ！　このアメリカのブタが！」

「ワ、ワタシハ、アメエリカデ、ヒワイナ、ショクヒンヲ、ウリサバイテイル、ブタデェス」

ホットドッグのことを卑猥な食品と言わせるとはこれいかに！

そうして北欧女王様は二人にそのままの体勢でいるように告げると、私のところに戻ってきた。そして容赦なく私のお尻をムチで叩き続けた。パシンパシンという乾いた音がフロアに響く度に、私は実に情けのない声を漏らした。

「ふなぁ！」

「ほらどうしたの？　嬉しいんでしょ？　楽しいんでしょ？　おねだりしてみなさいよブタ」

「……も、もっと」私は言う。「もっと叩いてください女王様！」

乾いた音が響く。

「んほぁ！」

私はそうして臀部《でんぶ》の痛みを噛み締めながら、同時に深く深く、自分自身の境遇について も思いを巡らせるのであった。私の人生について、私のこれからについて、私が取るべき行動について、あるいは取るべき『だった』行動について、潜水するように深く考えるのだった。

私は、会社を辞めたくて辞めたくて仕方がなかった。それは偽りのない事実だ。あまりの激務に食欲も減退し、睡眠時間はろくに取れず、趣味を見つけることはおろか、週休一日を確保することすらままならない。かといって仕事にやりがいはなく、面白みもない。

「ほら！　おねだりはどうしたの？」

「叩いてください！　女王様ぁ！」

振り下ろされるムチ——痛打。

「んぬぉ！」

しかし、仕事を辞められたとしたら何がやりたいのか、と聞かれたとしても、さしたる展望もないのだ。これ以上精神を、身体を、無駄に摩耗したくないだけであって、他に全身全霊でぶつかりたい『何か』があるわけではないのだ。ただただ、今のこの状況から逃げ出したいと、そう願っているだけなのだ。……それは、それは、ダメなことなのだろうか？　人間として、男として、日本人として、恥じるべきことなのだろうか？

「本当に、恥ずかしい男ね」女王様は笑う。「ほら、どうしたの？　やめにする？」

「もっと叩いてください！　女王様ぁ！」

弾けるような音。

「あぁぬ！」

諏訪部は言った。『この歳になってくると転職ってのもいよいよ間口が狭くなってくる』。あれは、真実なのだろう。今回の作戦によって、私はおそらくいよいよ会社をクビになるに違いない。したらば、当然のことながら転職活動が待っている。しかし……転職先は見つかるのだろうか？　私が持っているスキルとは何だ？　私の持っている社会的価値とは何だ？　何にも……何にもないじゃないか。ただただ空回りして無駄に昇進を重ねてしまっただけの、情けのない空っぽの男じゃないか。この会社じゃ一丁前に『部長代理』なんて名乗ってはいるが、そんなものは会社という狭い世界で与えられた称号に過ぎない。こんなもの、会社を辞めてしまったら、まったくもって無価値もいいところだ。

「ほら……あなたは誰なの？」

「……た、ただの『ブタ』です」私は涙をこぼしながら言った。「お仕置きが必要な……なんの意味もない、存在価値のない、空っぽのブタですっ‼」

鋭い風切音——痛打。

「んなぁっ‼」

私はどこで……どこで人生の選択を誤ってしまったのだろう。毎日、辛い……本当に辛い。精神を患《わずら》わないように気をつけて綱渡りするように過ごす社会人人生なんて、これ以上続けていたくはない。しかし……しかし、辞めたら！　それはそれで茨《いばら》の道が待っているのだ！　ろくに……ろくに『恋』すら許されないような、そんな『空っぽ』の道が待っているのだ。辞めてはいけないのかい？　辞めたらダメなのかい？　でも、こんな人生、あんまりに辛いとは、そうは思わないかい？

「どうすればよかったんだよぉ！　私はどこで道を間違えたんだ！」

「ほら、あなたは誰なの？　言ってみなさい」

「見通しが甘くて、根性もない……ブタの藪田です！」

ムチが私の尻を——心を打つ。

「んあぁっ‼」私は歯を食いしばる。「もっと！　もっと叩いてください女王様！」

ムチ。

「がぁっ！」涙が溢れる。「もっと、もっと！　お仕置きをしてください！」

ムチ。

「んもぉっ！」いよいよ痛覚が麻痺してくる。「もっと！　もっと！　もっと！」

意識が――朦朧《もうろう》としてくる。かすかに覚えるは鮮やかなムチの音と、ぼんやりとした臀部の鈍痛。

世界が白い靄《もや》に包まれていく。私は空を浮遊していた。そしてそんな空の中で、私は他でもない、かのおせっかい少女、奈々子さんの声を聞いたのだ。

『ずっと藪田さんの表情が曇っているようだったんでとっても不安だったんです』

少女の声は優しかった。

『藪田さんの表情に巣食った「曇り」、一緒に晴らさせてください！』

この曇りが晴れたら、何が待っているのだろう。

雲を、靄を、霞を晴らして、私はこの先、生きていけるのだろうか。

少女よ、私は、私は……どうするべきなのだろうか……。あなたを、あなたを好きになるためには、あるいは人間としての『価値』を守り続けるためには、この会社で働き続けるべきだったのだろうか。

『どんなことがあろうと、絶対に藪田さんは、自分が輝けると思う場所を見つけるべきだと思うんです！』

私は泣き出すように力なく微笑むと、ゆっくり、目を閉じた。

※　※　※

浜三田川のせせらぎ。

爽やかな風。

白い雲に、少しばかり錆びついた欄干。

橋の向こう側から、ゆっくりと現れた少女の影。

私は欄干から背を離すと、小さくお辞儀をしてみせた。

「作戦」少女は少しだけ残念そうな表情で言った。「どうでしたか？」

「ご覧のとおりさ」私はスーツの上着をぱたぱたとさせてみた。「どうも、簡単には辞められない運命みたいだね」

「……どうして、ダメだったんですか？」

私は大きなため息をついてから軽口を叩くように言った。「得意先の重役と、うちの社長。ふたりともすっかりSMの世界の虜となってしまったようでね。重役のマクドナルド氏は『ファンタスティックワールド』と言って興奮していたよ。『アイノウ。ディスイズ、ジャパニーズ、オモテナシ』とも言っていたかな。いずれにしても、私は二人をめくるめく夢の世界へと招待した素晴らしきプレゼンターとして――」

「……まさか」

「――晴れて『部長』昇進だ」

私は笑った。

「ここまでくると、芸術の域に到達していると言っても過言じゃないね」

「じゃ、じゃあ新しい作戦を――」

私は首を横に振ると、少女に言葉の続きを言わせなかった。

「もう、作戦はいいんだ」

「……どうしてですか？　諦めちゃったんですか？」

私はその言葉にも、しっかりと首を横に振る。「違う。働き続ける決心をしたんだよ」

私は言った。「私は会社に『所属』し続けなければダメな人間であると、そうはっきりわかったんだ。二本の足で自立して生きるのは、存外困難な作業でね。私にはそんな生活が、人生が、不向きなものであると、ようやく自覚ができたんだ。……あぁ、だがこれは決してマイナス一辺倒な決心ではないのだよ。私は目標を見失って生きていたのだ。あるいは自分一人で生きていくことを前提に生きていたと言ってもいいかもしれない。いずれにしても、私はようやく自分の人生を見据えることができたんだ」

少女は私の話を理解したのかしていないのか、不安そうな表情でこちらをじっと見つめていた。

「それはそうと」私は少しだけ声のトーンを高くしてから言った。「君は以前、私にこう言った。『もし私に藪田さんのお手伝いをさせてくれるのなら、何でも言うことを聞きますから』と……覚えているかい？」

少女は頷いた。

私も頷く。「なら、一つ、私のお願いを聞いてもらってもいいかな？」

「どんなお願いですか？」

「私の一世一代の『告白』を、聞いて欲しいんだ」

「告白？」

私は頷いた。

「あっ、ごめんなさい……電話だ。ちょっと待っててもらっていいですか？」

私は頷くと、彼女の電話が終わるのを待った。

私は電話を取るために向こう側を向いてしまった彼女の背中を見つめながら、静かに腹を決めるのだった。

彼女が電話を終えて再びこちらを振り向いたら、きっと伝えるのだ。

少女に対する感謝の気持ちを、私の新たな覚悟を、私が抱いてしまった『想い』のすべてを。

確かに仕事はキツイ。会社は好きじゃない。だけれども何かを得るための代償としてなら、私はまだ歯を食いしばって会社にしがみついていられそうな、そんな気がする。仮に私の告白に対して君がイエスと言ってくれようが、あるいはノーと言おうが、この決意はきっと変わらない。君のためなら――あるいは、君のような人間を追いかけるためならば――私はまだまだ、働くことができそうな気がする。

流されるんじゃない。踊らされるんじゃない。昇進させられるんじゃない。

確固たる自分の意志と信念で、この真っ黒い社会を生き抜いてみせるのだ。

そして誰よりもたくさん、マヨネーズを、売りさばいてみせるのだ。

誰かの、笑顔の、ために。

第六話

失恋覚悟のラウンドアバウト

助走　警察戦隊ヒノシタレンジャー

まったく、どうしてこうも急に慌ただしくなるのかしら。

私は事件現場である小学校の正門を見つけると乱暴にハンドルを切り、車のまま校庭へと乗り入れた。すでに他の三名が校庭の中央で待機している。私は砂埃《すなぼこり》を巻き上げながら車を急停止させると、素早く校庭に降り立った。校庭の隅では教職員と児童たち総勢百名程度が不安げな表情を浮かべながらこちらを眺めており、辺りは物々しい雰囲気に包まれている。

「状況を報告しなさい」私はドアを閉めた。

「は、はい」と一応『グリーンレンジャー』ということになっている身長の低い男は言った。

ちなみに衣装はまだできていないので、みな一様に黒のスーツを着用している。

「『ヴァイオレット』もご存知かと思いますが――」グリーンは言った。「現在この日の下町では、二つの事件が同時発生中です。一つは、この小学校にて発生している『立てこもり事件』。犯人は近隣の企業に勤務している二十八歳の男性。どうやら交際中の女性にプロポーズをしようと思っていたものの、事前に購入しておいた婚約指輪を紛失。大きなショックを受けながらも手ぶらでプロポーズを敢行したところ、敢えなく玉砕。……その後、自暴自棄、興奮状態に陥《おちい》り、拳銃を持ってこの小学校の四年生の教室に立てこもってしまった模様です」

何から突っ込んだらいいのかわからない事件ね。

私は舌打ちを放つと、髪を掻きあげた。

「人質はいるの？　それと犯人の要求は」

「はい」グリーンは言った。「人質は三名。『五十嵐直倫《なおみち》』という男性教師に、『折尾乱《らん》歩《ぽ》』くんという男子児童、それから『芙蓉富士子』さんという女子児童の計三名が教室で人質に取られています。……なんでも、問題を起こしてしまった児童を教室にて指導していた際に立てこもられてしまったとのことです。不幸中の幸いにして放課後だったものですから、人質は他にはいません。他の教職員、児童はすべて校舎外への避難が完了しています。……また、犯人の要求なのですが、現金六十万円と逃走用の車を用意するように言っています」

「……六十万円？　何その中途半端な額は」

「犯人の声明によると、給料三ヵ月分で購入した婚約指輪代を取り返したいとのことです」

「あぁ……そう」手取りで月二十万程度……か。「ところで、犯人はどうやって『拳銃』を入手したのかしら」

「そ、それは……」グリーンは言いにくそうに言葉を濁す。

すると横で待機していたチーム一番の大男『ブラック』が、腹立たしいほどゆっくりした動作で太い右手を挙げた。

「そぉ、そぉれぇはぁ」ブラックは重たい声で言う。「僕のぉ、拳銃を盗んだんだとぉ、思いますぅ」

「はぁ？」

「僕、拳銃をぉ、失くしちゃったんですぅ」

「……あんたね」私はイライラの虫が胸元で蠢《うごめ》き始めるのを感じる。「どこで、失くしたのよ」

「えぇとぉ、コンビニ」

「コンビニ!?」私は呆れてため息をつく。「あんたね、拳銃失くしたのこれで何回目よ？」

「まだ、三回目だよぉ」

十分多いんだよ、このサトイモ野郎が。

「それに今回は失くしたんじゃなくて、盗まれたんだよぉ。コンビニを出たらぁ、僕のホルスターには拳銃の代わりにこれがぁ……」と言って、ブラックは綺麗なハンカチを取り出した。「入ってたんだよぉ」

こんの木偶《でく》の坊が。「あんた、自分が何したのか、わかってるの？」

「うん」ブラックは頷いた。「でも大丈夫。きちんと、ハンカチは洗って、元の持ち主に返してあげるつもりだよぉ」

なるべく早く殉職《じゅんしょく》してしまえ。

「ただですね、ヴァイオレット」とグリーンが話を引き取る。「これに関しては少々朗報があります」

「どういうこと」

「ヴァイオレットも記憶に新しいかと思いますが、先日我々四人で漆原博士の自宅に伺いましたよね」

「そうね、二回訪問したわ。一度目は挨拶に。二度目はロボットの視察と……このブラックが一度目の訪問のときに忘れていった拳銃を引き取りにね」

「まさしくそれなんです」グリーンは言う。「ブラックが拳銃を引き取る際、実は忘れていった拳銃だけでなく、博士が遊び心でつくった拳銃の『偽物』も一緒に引き取っていたんです。博士から『もう用済みになった拳銃だから君たちにプレゼントする。殺傷能力はないが、非常に特殊な弾丸が込められているゆえ武器としてはそれなりに優秀かもしれない』との一言を添えられて。そして何を隠そう、この度ブラックがコンビニで『盗まれた』と言っている拳銃は、まさしく『偽物』の方の——殺傷能力のない——拳銃なんです」

「つまり今現在立てこもり犯が持っている拳銃は『偽物』だということになると?」

「ええ。ただ博士曰く『殺傷能力がないだけで、武器としては優秀』とのことなので、油断はできませんが」

なるほど。朗報と言えなくもない。

グリーンは続ける。「立てこもり始めてから約一時間が経過していますが、今のところ犯人から追加の要求、声明は発表されていません。人質の消耗も懸念されますのでいち早く救出をしたいのですが、いかんせん偽物とはいえ拳銃を所持しているため、迂闊に教室に近づくこともできません。ご覧のとおり膠着《こうちゃく》状態に陥ってしまっています」

「……それであんたたちは、ここでずっとぼーっとしてたってわけね」

「め……面目ありません」グリーンは恐縮そうに下を向く。「やっぱり……実質的には唯一の戦力である『ピンク』が来てくれないと何もできないのが我々の悲しい現状です。すでにピンクには至急急行してくれるように連絡を入れてあるのですが……」

「なっさけない」私は吐き捨てる。「そもそも『イエロー』、こういうときはあんたの出番なんじゃないの？」

およそ警察官には見えないホストのような外見をした優男のイエローは、小さく肩をすぼめてみせた。すまし顔が鼻につく。

「私は――」私は言った。「あんたは稀代《きだい》の『天才ネゴシエーター』だって聞いてたんだけれど、どうして犯人を説得しようとしないのかしら」

イエローは両手を広げる。「ネゴシエーションなんてしたこともないですよ。僕は」

「なら、どうして『天才ネゴシエーター』なんて呼ばれてたのよ」

「さぁ」イエローは微笑んだ。「僕はただ、警察署で一番女の子を口説くのが上手だっただけで、一度だって自分でネゴシエーターだなんて名乗ったことはないですよ。ところでヴァイオレットも、とても魅力的な女性ですよね。僕の好みど真ん中だ。仕事が終わったら、一緒に飲みにでも行きませんか？」

ガソリンでも飲んでろ。このナンパ男が。

「それと『ブラック』」私はろくに仕事もできない巨漢に向かって声をかける。「あんたは、『武闘派の怪力格闘王』って聞いてたんだけど、それらしき片鱗《へんりん》を一度も見たことがないのだけれど」

「そんなぁ」ブラックは不本意そうに表情を曇らせる。「ぼ、僕はぁ、本当に『格闘王』

だよぉ。力を発揮する機会にまだ恵まれてないだけで、すっごく強いんだよぉ」

「格闘技って、何やってたのよ」

「柔道ぉ」ブラックは自慢気に微笑んだ。「すんごく強い。区の大会でベスト8になったこともある」

……区の大会で、ベスト8。区の大会でベスト8の『格闘王』。

私は頭にどんどんと血が上っていくのを感じる。

「それで『グリーン』」

「は、はい！」グリーンは背筋を伸ばして敬礼する。

「あんたは、凄腕のハッカーだって聞いてたわ。『対サイバー犯罪の申し子』だって。それは信じてもいいのね？」

「も、もちろんです！」

「どんなことができるのよ？」

「んまぁ、そうですね。あの……ネットの脱出ゲームなんかは、すごく早くクリアできます」

宇宙の果てあたりで小さな星が爆発する音が聞こえた。

「あ、あとは、まとめサイトとかもよく見てますし、テレビゲームとか、ソーシャルゲームとかもよくやります。ネット、デジタル関係はほとんど網羅《もうら》してますね。……あっ、だ、大丈夫ですからね？　身を滅ぼすほどの課金はしてないですよ？」

「どうでもいいわ！　むしろしろ！　課金して身を滅ぼせ！　バカっ！」私は頭を抱える。「なんなのよ、このメンバーは……なんなのよこのゴミの寄せ集めみたいな戦隊ヒーローは……」

「まぁ実質的には、警察の公費削減政策の一環でしたからね。町興しとは名ばかりで、日の下町内の事件を全部僕たちに押し付けて、人員削減をするための口実ですから」

「そもそも色がおかしいでしょ？　色が」

「色、ですか？」グリーンが首を傾げる。

「そうよ、色よ！」私は泣きそうになりながら言った。「あんたのグリーンはいいわよ、まだ一応オーソドックスなメンバーと言えるわよ。でもイエロー――」

「なんですか？」イエローは微笑む。

「あんた、なんでイエローに甘んじてるのよ。ふつうあんたみたいなキャラはブルーなんじゃないの？　イエローは場合によっては女性が演じることもあるポジションよ？」

「さぁ、でも僕の雰囲気がどことなく太陽のようだったから、かもしれませんね。それにしても、ヴァイオレット。あなたは本当に綺麗だ。残念系独身アラサー女性だとは到底思えない」

「黙れ、偽イケメンが！　そこで一生コールの練習でもしてろ！　それでそうよ、何で女の私がリーダーで、それも『ヴァイオレット』なのよ？　見たことある？　戦隊ヒーローもののヴァイオレット？　何よこれ？　私は桑名正博《くわなまさひろ》か？」

「ちょっと言っている意味がわかりかねますが……」

「私は『ピンク』がやれると思ったから参加したっていうのに……まさかリーダーで、それも『ヴァイオレット』って……。まぁ、いいわ。そこまでは百歩譲って納得するとして、なんで残りが『ブラック』なのよ？　えぇ？　レッドとブルーが不在の状況でブラックとヴァイオレットをぶち込んでくる精神が理解できないわよ。なにこれ。なんなのよこれ」

「落ち着いてください、ヴァイオレット」グリーンは私の目を見ながら言った。「事件解決が優先です。どうかお気を確かに」

私は大きく深呼吸。それから咳払いをした。「……そうだったわね。ごめんなさい。それで、事件は『立てこもり』以外にもう一つ起こっていると、そう言ったわね？」

「はい」グリーンは頷いた。「実は『トレインジャック』事件がつい先ほど発生してしまいました。犯人は西ヶ谷高校三年生の女子生徒。意中の男性に告白をしたものの交際を断られてしまい『ならば電車自殺をする』と豪語し、電車をまるごとジャックしてしまった模様です。電車も運転手が一名しか乗っていない一両編成のボロ路線ですから、女子高生相手にも簡単に乗っ取られてしまった模様です……。ジャックする際に運転手も車外に追い出されてしまったため、人質はゼロ名。現在電車は犯人の女子高生だけを乗せて、目下線路上を快走中です」

「ちょっと、何を言っているのかわからないのだけれど、その女の子はフラれた腹いせに自殺してやると、そう言ってるのよね？」

「そうですね」

「なのに、なんで電車をわざわざジャックしたのよ？　ふつう線路に飛び込むでしょうが」

「理由は不明ですが、犯人曰く『このまま終点である日の下駅の車止めに猛スピードで車両ごとぶつかり大破して自殺してやる』と、そういうことらしいです」

なんて無駄にダイナミックな……。

「このままですと、日の下駅に衝突するまで残り一時間程度かと思われます……。また、別動隊からの報告によると、犯人の女子高生の自宅からは鉄道関連のコレクションが大量に発見されたとのことです」

「……電車を運転してみたかったのかしらね」

「さぁ……」

「いずれにしても」私は言う。「私が言えることは一つだけね」

犯人が立てこもっているという小学校の校舎を睨みつけると、私は小さくため息をついた。

「どっちの事件も『失恋』が引き金になった、はた迷惑な事件だってことと――」

ポケットからたばこを取り出し火をつける。

「どっちの事件も『ピンク』が来てくれなきゃ、対処できそうにないってこと」

1周目・藪田 真澄（たなかマヨネーズ勤務 二十八歳男性）数分前

少女の電話が、なかなか終わらない。

私は浜三田川の橋の上で先ほどから待ちぼうけだ。

少女が電話を終え、こちらを振り向いたら『告白』をしようと心を固めていたというのに、どうしてこうも私は間が悪いのだろう。あるいはこれは私に授けられた天性の資質なのかもしれない。何をやっても期待とは裏腹な方向へと転がってしまう。仕事を辞めようとしても辞められない。少女に告白しようとしても告白できない。それは一種の呪縛であるようにさえ思われた。

私は少女の背中を見つめる。

そもそも少女はどうやって電話をしているのだろう。何やらぼそぼそと言葉を発してはいるのだが、肝心の携帯電話らしきものが見当たらない。少女の手には何も握られていないばかりか、どちらかの手を耳元にあてていることもない。耳に引っかけるタイプの携帯電話でも使っているのだろうか。甚《はなは》だ不可解だ。

私がそんなことを考えていると、ようやく少女はこちらを振り向いた。

「ごめんなさい……」少女は何やら切羽《せっぱ》詰まっているような表情で言う。「急いで行かなくちゃいけなくなっちゃいました」

「行く？」私は動揺する。「どこに？」

「小学校です」

「小学校？」

「事件が……起きちゃったんです」

私はしばし固まる。

少女は何を言っているのだろう。あるいは私が愛の告白をしてきそうな雰囲気を敏感に察知し、この場から逃走するために適当な言いわけをこしらえたということなのだろうか。だとするならばもう少し明瞭で納得のいく言いわけを用意して欲しい。そんな作り物感溢れる奇妙極まりない言いわけをこしらえられたら、こちらとしても心に傷が残るではないか。

「まぁ、よくはわからないが――」私は言う。「用事ができてしまったのなら仕方ない。私の話はまた今度の機会ということで――」

「ダメです！」

「はぁ？」

「だって藪田さん。すごく大事な話をしてくれそうだったんですもん。このまま藪田さんを置いて小学校になんて行けませんよ！」

「……そう言ってくれるのはありがたいが、でも行かなければならないんだろう？」

「そうなん、ですよね……こちらを取ればあちらが立たず、あちらを取ればこちらが……あぁダメだ、吐きそう、ぅぅ」少女は頭を抱えると、何かを思いついたように表情を明るくした。「そうだ藪田さん。小学校まで付いてきてもらってもいいですか？」

「私が小学校まで？　いや、しかし私もまだ仕事中だから――」

「お願いします！」

そんな表情をされてはなかなかどうして無下にはできないではないか。まぁ、今日のスケジュールなら多少の寄り道は不可能ではないといえば、不可能ではないか。今更多少のおサボりを恐れることもなかろう。「わかったよ。タクシーでも呼ぼうかね？」

「ありがとうございます、でもタクシーは必要ありません。走っていきます」

「は、走る？」

私は耳を疑った。

「はい」

「でも、ここから最寄りの小学校と言ったら――」

「ごめんなさい藪田さん、時間がないんで！」

そう言うと少女はあろうことか、中腰の体勢で私に背を向けるではないか。一体全体、これは何であるかと考える必要もない。その姿はどこからどうみても私に『おんぶ』を要求しているのだ。少女の背中は無言のうちに『さぁ、この背中に乗っかってください』と語りかけてくる。どうしてこの期に及んでおんぶなのだ？

私はさすがに難色を示したのだが、彼女は頑なに背中に乗ることを強要する上に、時間がないことを再三強調するものだから、遂に私は彼女の背中に体をあずけるのだった。私は決して大柄ではないが、それでも成人男性の端くれだ。体重も軽くはない。果たして少女は私をきちんとおんぶできるのだろうかと不安ではあったのだが、少女は何ら問題なくするりと立ち上がると小学校に向かって走り始めた。なかなか安定感もある。

「それじゃあ少し飛ばしますから、しっかり摑まっててくださいね」

おんぶで何を大げさな、と思ったのもつかの間。

彼女は確かにスピードを上げ始めた。徐々に、徐々に、まさしくアクセルをふかしていくみたいにみるみる風を切る速度を上げていく。はじめは私も、なるほど彼女は以前に彼女自身が自負していたとおり『ばか力』なのだなと合点していたのだが、すぐにそんな考えを改めざるを得なくなる。彼女の速度はやがて私の全力疾走と同程度になり、更に自転車の最高速度をも超え、とうとう自動車のそれにほど近くなってくる。

なんだこれは……何が起こっている？

はじめは相手が女性ということもあって体にしがみつくことに躊躇《ちゅうちょ》もあったが、そんなことを言ってもいられなくなってきた。私はジェットコースターのセーフティーバーを摑むような心持ちで少女の体にしがみつき始める。ただただ振り落とされないことに必死だ。

「ごめんなさい藪田さん」

少女は激しい風切音の中で言った。さながら高速道路を走るオープンカーに乗っているようだ。

「……こ、これは」私は彼女の耳元で尋ねる。「どういうことなんだね？」

「黙ってて……ごめんなさい」

少女は申しわけなさそうな声色で言った。

「私、ロボットなんです」

「……へ？」

「この日の下町に住む科学者、『漆原正嗣《まさつぐ》』博士によって開発された人型高性能ロボット。『775号』――通称『奈々子』。私、本当は人間じゃないんです」

「……あぁ……え？」

頭の中をフラミンゴの群れが通過する。彼女はいったい、何を言っているのだ？

「数ヵ月前、日の下町の警察で戦隊レンジャーをモチーフにした特殊組織を立ち上げようという計画が打ち出されました。そんなときちょうどロボットの開発をしていた漆原博士に打診があり、ピンクレンジャーとして女性型のロボットが採用されることになりました」

「……ぴ、ピンク、レンジャー？」

「それが私——正確には私たち——なんです。それで、先ほどグリーンレンジャーから日の下南小学校にて立てこもり事件が発生したため、至急急行せよとの連絡が入ってしまいました。今はまさしく、事件解決のために小学校へと移動している最中です」

「……は、はぁ」何が何やら。情報がめまぐるしく錯綜《さくそう》し、私の脳みそでは処理が追いつかない。

「先日、『屈辱！　行きつけのSMクラブの女王様が会社にまで押しかけて来ちゃった大作戦』を敢行したときに、ボンデージを着た金髪の女性が藪田さんの職場に押しかけてきましたよね？」

「……あ、あぁ、来たよ。北欧美人が」

「あれも、この奈々子と同じくロボットなんです。『774号』——通称『奈々代《ななよ》』」

「……ま、まさか」

「そしてロボットはもう一台います。『776号』——通称『奈々無《ななむ》』」

「ナナム⁉」

「奈々無です。奈々無は幼稚園児くらいの女の子型ロボットです」

773号だったなら『奈々美《ななみ》』にできただろうに、まったく不憫《ふびん》な776号だ……と、そんな下らないことはどうでもいいのだ。彼女が——私が恋心をいだいてしまったこの少女が、よもやロボットだと？　そんなバカな。そんなことありえるはずがない。そんなものが信じられるはずがない——と言いたいところなのだが、私は今確かに彼女が一般的な人間ではないという何よりの証拠のただ中にいる。

「驚き……ますよね？」少女は遠慮がちに言う。

「……そうだな。にわかには信じられないよ」

「本当に、ごめんなさい」少女は心からの謝罪の気持ちを込めているようにそう言った。

「それで、藪田さんのお話って何ですか？」

……こんな状況で言えるものか。心の整理をさせてくれたまえ。

そんなことを考えている間に視界は小学校の姿を捉えた。少女はそのままのスピードで校門をくぐり抜け、校庭の中央付近で待機している数人の男女の前で急停止した。私は冷や汗をだらだらと掻きながら校庭に膝をつく。彼女の背中はとんだ絶叫アトラクションだった。

「お待たせしてすみませんでした。ヴァイオレットさん」

少女がそう言うと、気の強そうな女性が一つ大きく頷いた。

「突然呼び出して悪かったねピンク。事件内容は大方知っているわね？」

「はい。人質を取って立てこもっている男性がいる、と」

「そのとおりです」と横に立っていた男性が頷いた。「拳銃を持って三階の四年一組の教室に立てこもっています。現在は、嫌々ながらイエローが教室の前の廊下でネゴシエーションを行っておりますが、事態が好転する気配はありません。それどころか、いち早く現金と車を用意しなければ今から一時間経過するごとに人質を一人ずつ射殺していくとの声明を出しております。プロポーズが失敗してしまったことに強いショックを受けており、非常に興奮している様子です。犯人は中肉中背、二十八歳の男性で、名前は『諏訪部樹《いつき》』」

ん？　スワベイツキ？

「す、諏訪部だって⁉」

「ご存知なんですか、藪田さん？」少女はしゃがんでいる私のことを見下ろした。

私は頷く。「諏訪部は私の同期だ。う、嘘だろ諏訪部……まさか本当にプロポーズに失敗した腹いせに拳銃を撃ちまくるというのか？　あれはほんの冗談だと、そう言っていたのに……」

するとヴァイオレットと呼ばれていた女性が少女に尋ねる。「こちらの方は？」

「私の知り合いの藪田さんです」少女は言った。「とにかく、私が突入して犯人を止めるしかなさそうですね」

「そうね。トレインジャックの件もあるから、なるべく早く片を付けないと――」

「待ってくれ！」私は二人の会話に割って入る。「私も行かせてくれ。私なら諏訪部の話をきっと聞いてやれるはずだ。邪魔はしない」

ヴァイオレットと呼ばれていた女性は反対をしたが、最終的には少女が押し切る形で私の同伴を許可してくれた。諏訪部が所持している拳銃が偽物で危険度が低いということも、私の同伴を許可してもらえる材料となった。

私は先頭を行く少女の後に続くようにして校内に侵入する。私の更に後ろからは先ほどのメンバーたちもついてきていた。軽快に階段を上っていく少女を追いかけていくと、三階の廊下の手前で何やら端正な顔立ちをした男性が立っているのが見えた。男性は諏訪部を説得しようと、廊下に向かって声を出している。なるほど、どうやらこの廊下の奥の教室に、諏訪部は立てこもっているらしい。

「それで、今度またその女子高生たちと合コンができそうなんです。ですので、もしよかったら諏訪部さんも、そこで新たな出会いを探してみてはいかがでしょうか？　ちょっとご実家が貧乏らしいんですけど、適度に貞操観念が緩くて素敵な子が来てくれる予定になってるんです」

イケメンは私たちの存在に気づくと、くたびれたように笑った。

「これはこれは」イケメンはわずかに声のボリュームを落とす。「どうにかこうにか説得を試みているんですがね、先方はてんで無視ですよ。おかげですっかり膠着状態が続いています。先ほど犯人より、現在私が立っている位置より教室に近づくようなことがあれば、人質に危害を加えると告げられました。……でも、ピンクが来たのならいよいよ突撃ですかね」

「まずは、こちらの藪田さんに説得をお願いしてみたいと思います」少女は言った。「人質もいますし、いくら偽物とはいえ拳銃を持っていますからね。できれば穏便に事件を解決したいですし――」

「ちょ、ちょっと待ちなさい。あんた、何よそれ」という声が突如背後から響く。振り向いてみると、ヴァイオレットと呼ばれていた女性が大男の握っている拳銃を慌てて取り上げていた。「あんたの拳銃、なんでこれ……なんで『トクホ』なのよ」

「えぇ?」

「『特定保健用食品』のロゴマークがあるじゃない！　グリップのところに！」

大男は緩慢な動きで拳銃のグリップを確認すると「あぁ～。本当だぁ、トクホだぁ」と、わけのわからないことを言う。「じゃあ、こっちが……偽物だぁ」

「は、はぁ？」

「こっちがぁ、偽物でぇ――」

「ふ、ふざけないでよ……なら、今犯人が持っている拳銃の方が……」

「本物だぁ」

ヴァイオレットが大男を叱責する怒声が響く中、私の心ににもにわかに緊張の冷気が吹き抜ける。本物の拳銃……。諏訪部よ、早まった真似をするんじゃないぞ。

やがてヴァイオレットは大男から拳銃を奪い取ると、それを自ら装着した。この拳銃も殺傷能力がないながら、武器としては十分に優秀うんぬんかんぬんと言っていたが、あまりよく聞き取れはしなかった。

私はイケメンと少女にしばらく待ってもらえるようお願いすると、廊下に向かって声を出した。私の声は諏訪部が立てこもっているであろう奥の教室までクリアに反響する。

「諏訪部！　聞こえるか？　藪田だ！」

すると、遠くから声がした。「……や、藪田？　嘘だろう？　どうして藪田が」

「諏訪部！　こんなバカなことはやめろ！　プロポーズに失敗したのか？　そんなこと気にするな！　世界は広いぞ！　まだまだ腐ってしまうような歳じゃない！」

「うるせぇ‼」諏訪部はかつて聞いたこともないようながらがらの声で怒鳴った。「お前に何がわかるってんだ！　これ以上生きている意味なんてなくなっちまったんだよ！」

「そんなことないっ！」

「そんなことあるっ！」諏訪部は叫び声を上げる。「彼女のために、彼女のためにと思ってあんなくだらねぇクソみたいな会社で働き続けてきたんだよぉ！　なのにフラれちまったら……生きてる意味なんてねぇじゃねぇか！　俺はただただあのクソみたいなブラック企業で労働するだけの、独身労働マシンで終わりじゃねぇか！　こうなっちまったらよぉ、藪田？　俺はもう、復讐するしかねぇんだよ！　このクソみたいな人生に、このクソみたいな社会に、そしてあのクソみたいな会社になぁ！　俺は最後に盛大な悪事を演じて、会社の顔におもいっきり泥を塗りつけてやるんだ！　そんで、華々しく砕け散ってやる！……どんな奇跡が起こったのかは知らねぇけどよ、俺の婚約指輪は気づいたらリボルバー式のピストルにすり替わってやがった……俺は、確信したよ。プロポーズが失敗したならば、このピストルで世界を撃ち抜けと、神様からそう宣告されているのだと、そう確信したんだよ！　藪田！　俺を止めるなぁ！　俺の気持ちは、お前にはわからねぇよ！」

「いや諏訪部！　意外なほどにお前の気持ちはよくわかるぞ！　ほとんど自分のことのようにわかる！　だから落ち着くんだ諏訪部！　教室から出てくるんだ！」

「あぁ……もう」

諏訪部は唐突に声のトーンを落とすと、しかし再び大声で叫んだ。

「うっるせぇぇんだぁよぉおお‼」

次の瞬間、

廊下の奥からガラスの割れるような硬質な音が響いた。

一瞬にして空気が凍りつく。私の脳裏には瞬間的に最悪の予感が過り、視界がぐらりと歪んだ。更に畳みかけるように、教室からは耳をつんざくような男性の悲鳴が響く。そして、

――銃声。

どんと胸を打つようなピストルの音が、校舎を揺らす。

諏訪部の叫び声。

最悪の事態だ――と私が思ったときには、すでに少女は駆け出していた。

続いてヴァイオレット、イケメンと、次々に走りだす。

先頭の少女は廊下を駆けて行くと瞬く間に目標と思われる教室の扉を体当たりで突き破り侵入する。

すると更に銃声が、二発、三発。

私は言葉を失う。まさか……少女が、撃たれた？

私はツーテンポ遅れてからようやく駆け出した。動揺から床が波打つような不安定な感覚を覚えながら、慌てて教室を目指す。

そうして教室にたどり着くと、そこには——まず倒れこんでいる人質の少年の姿があった。

少年は腹ばいになり、べったりと全体重を床に預けている。同じく人質だった小学生の女の子が肩を揺らしながら必死に声をかけているが、ぴくりとも反応しない。おそらくは……撃たれてしまったのだろう。……諏訪部、お前はなんてことを。

教室の隅にはもう一人人質らしき男性がうずくまっていた。こちらは酷く動揺しているようだが、見たところ外傷はない。無事のようだ。

そして、少女は——

「……や、藪田さん！」

——少女は、諏訪部を組み伏せていた。

無事のようだ……よかった。

諏訪部はうつ伏せの状態で頬を床に押し付けられ、右手の関節を極《き》められている。そしてかすかに「うぅ」という呻《うめ》き声を上げていた。抵抗は諦めたようだ。

「……藪田さん」少女は諏訪部の背に乗ったまま言う。「それで……お話ってなんですか？」

このタイミングで!? 言えるわけあるか。

イケメンが諏訪部の両手に手錠をかけると、少女はゆっくりと立ち上がる。諏訪部は悔しさを噛みしめるように目を閉じてじっとしていた。

「……ち、違うんだ」諏訪部は涙をこぼしながら弁明する。「ゆ、許してくれ……本当に撃つつもりはなかったんだ……威嚇しようと思ったら……当たって……当たってしまって。……だから違うんだ、ちょっとした、本当にちょっとした『不祥事』みたいなものを……起こしたかっただけなんだ……それで少しでも会社に迷惑がかかれば、と……本当に」

イケメンは諏訪部を立ちあがらせると「詳しい話は、署でお願いしますよ」と言った。

一方ヴァイオレットは銃口からかすかに白煙を上げている偽物の拳銃を握りしめながら、何やらぼうっとした様子で諏訪部のことを見つめていた。おそらくは『殺傷能力はないが武器としては優秀』というくだんの拳銃で、諏訪部のことを攻撃したのだろう。しかしなぜだろう。諏訪部に向けられているヴァイオレットのとろんとした視線は、徐々にそのとろみを増していくばかりであった。

「くそっ……」諏訪部は苦悶の表情を浮かべる。「結婚も、人生も……全部パァだ」

「結婚なら……」ヴァイオレットが小さくこぼす。「してあげられるかもしれない」

ようやく大男が教室に入ってきた。

すると少女は大男に「人質を保護してあげてください。特に男の子の方――急いでください。私はトレインジャックの現場に急行します」と告げると、私の手を引いて廊下へと飛び出した。そして事件の後始末もそこそこに、その場にしゃがみこみ、またしても私に対して背を向ける。

「早く、乗ってください藪田さん」

「い、いや……しかし」

「まだ藪田さんのお話、聞かせてもらってませんから」

私はほとんど全裸で浜三田川に飛び込むような気持ちで、少女の背中におぶさった。何が何だかわからんが、もうどうにでもなるがいい。まもなく少女は廊下を走りだすと徐々にスピードを上げ、転げ落ちるように階段を駆け下りていく。昇降口から飛び出し、校庭にいた子供たちに指をさされながら校門を抜け、車道に到達する頃には、いよいよ最高速度に達していた。

「ごめんなさい藪田さん」少女は強い向かい風の中、言葉を絞りだす。「どうやらもう一件、トレインジャック事件が発生しているようなんです。移動ばっかりでごめんなさい」

初めて出会ったときとはすっかり立場が逆転してしまった。私は彼女の首元にしがみつく。

「それで藪田さん、お話って何なんですか?」

「……も、もういいよ。トレインジャック事件とやらが片付いてから、じっくりと話させてもらうよ」

「そんな……うぅ、うっ」

あぁ、もうこんなところで『困っている人を見かけたら手当たり次第に助けてあげないと頭がガンガン痛んで体中のもの全部吐き出しそうになっちゃうくらいおせっかいな性格』を発揮しないでくれたまえ——と思っていたのだが、どうやらそうではないようだった。私は握りしめていた彼女の肩口にささやかな違和感を覚える。

気になって覗き見てみると、驚くべきことに、

彼女の左肩には小さな穴が空いていた。

そしてその小さな穴からは血が——否、なめらかなオイルのような透明な液体がにじみ出してきていた。

「君、撃たれたのか⁉」

「あはは」と少女はばつが悪そうに微笑んだ。「肩とお腹に一発ずつ頂いちゃいました。でも大丈夫ですよ。私ロボットですから。油圧の駆動部がいくつかダメになっちゃったみたいですけど、バックアップは万全です。現に今、こうやって走れてますし」

「でも……辛そうじゃないか。痛みのせいで——」いや、彼女に痛覚はない、のかもしれない。

「大丈夫ですって。ほら」

彼女はそう言うと、あろうことか限界かと思われていたスピードを更にぐいと上昇させ

るではないか。風を切る音がいよいよ強くなり、もはや会話などしていられない。私は彼女に振り落とされないようにするだけで精一杯だ。

やがて我々はラウンドアバウトの手前までたどり着く。

するとかすかに少女の声が聞こえた。

「あれ……ダメかも」

私が顔を上げると、ラウンドアバウトはもうすぐそこまで迫ってきていた。当然のことながらラウンドアバウトは円形の交差点であるためスピードを落とさなければ通過はできない。きちんと減速をしなければ……もしや少女。スピードを制御できなくなっているのか？

「ご……ごめんなさい！」

少女はそう言うと、ラウンドアバウトを回ることを放棄した。

そのまま円形の交差点に向かって、まっすぐに進入していく。

つまりそれは――

「あぁ……あぁ！」私は声にならない声で叫んだ。

すぐ目の前には、私が週に二、三回のペースで通いつめていた得意先。ラウンドアバウト中央に店を構える『ザ・セントラルダイニング』の姿がある。白塗りの壁、おしゃれな雰囲気のテラス席、そして（宴会の予約でも入っていたのだろうか）用意されている料理の数々。

ダメだ……避けられない！

少女はテラス席に突っ込んだ。

食器が割れ、テーブルが押しのけられていく大きな音が響く。

料理がひっくり返り、立てかけられていた看板が床に落ちる。

私の体にも大きな衝撃が伝わる。振り落とされてなるものか。

それでも少女は減速しない——できない。

やがて、辺りが静かになる。

どうやらテラス席の間を縫って、無事にラウンドアバウトの反対側へととおり抜けられたようだった。

「あぁ……やっちゃった」少女は頭の上にスパゲッティを載せながら言った。「ごめんなさい、藪田さん。大丈夫でしたか？」

「……なんとかね」私は言う。「店主に顔を見られていないことを祈るばかりだよ」

「……あぁ、そうですよね。お客さんですもんね。本当にごめんなさい」

「なに、私は構わんよ」私はすでに遠く背後に消えていったザ・セントラルダイニングを見つめてみる。「あそこの店主はもともと気に食わなかったんだ。いい気味だ」

「あはは」少女は寸刻笑みを浮かべるも、すぐに神妙な面持ちへとシフトした。「でもあとで謝りに行かなくちゃ。……お店の修理も大変だろうし」

少女はそれからしばらく走り続けた。どうやら減速機能も無事に復旧したようで、その後は交差点やどこかの塀に衝突してしまうようなことはなかった。そうして走り続け、やがて見えてくるは寂《さび》れた線路の姿。そしてその先にわずかに見える、一両編成のボロ車両。右奥の方からこちらに向かって走ってくる。

「……あれだ」少女は言うと、迷わず柵を飛び越えて線路内に侵入した。私の体にも着地の衝撃がずしりとのしかかる。線路内に立ち入るだなんて、怖いったらありゃしない。

豆粒ほどにしか見えなかった電車の姿も、こちらに近づいてくるに連れてみるみるうちに大きくなってきた。そうして電車がある程度のところまで近づいてきたことを確認すると、少女はさながらリレーのバトンパスでもするみたいに、ゆっくりとタイミングを合わせて走り始め、徐々に加速をしていった（もちろん私を背負ったままである）。

するとまもなく、少女は見事に暴走電車と並走することに成功した。

私からも電車内の様子が見て取れた。驚くべきことに、運転席に座っている『犯人』は年端もいかぬ、それこそ高校生くらいの女性ではないか。そんな犯人はこちらをちらりと覗き見ると、自分の目を疑うように両の眼を限界まで見開き、呆然とした表情で固まった。それもそうだろう。時速数十キロで駆け抜けている電車にぴったりと並走してくる女性がいるのだ。それもなぜだかスーツ姿の男性をおんぶしている。意味がわからないに違いない。

しかし少女は犯人の動揺も気にせずに、運転席に向かって大きな声を出した。

「すみませーん！　止まってくれませんかーー！」

犯人はしばし黙って我々のことを見つめていたのだが、やがて反抗心のようなものが噴出したのか窓を開け放って反論をした。

「うるさいわねぇ！　どっか行きなさいよ！」

「そうはいきませーん！」少女は言う。「このままだと日の下駅にぶつかっちゃいますよ！　止まってください！　自殺しちゃダメです！」

「黙んなさいよ！」犯人は叫ぶように言った。「私はもう、このまま死んでやるって決めたのよ！　あの男……ちょっといい男だからって調子に乗って、私のことを袖にして……絶対許さないんだから！　私はこのまま死んで、あいつの心に大きな傷を作ってやることに決めたのよ！　自分のせいで、一人の人間が死んだんだって……あいつが一生、人殺しとして生きていかざるを得なくしてやるのよぉ！」

「男の人は、世の中にたくさんいますよ！　きっと他にもいい人が見つかりますよ！」

「見つからないわよ！」犯人は胸を押さえる。「あの人以上にいい男なんて、この世に存在しないわ！　あそこまで衝撃的な一目惚れをしたのなんて初めてだったんだから！　あの人と付き合うために、そのために私は……私は槿紗也加を使ってまで、それまで付き合ってた彼氏とも別れたっていうのに……それなのに、あいつは！　あいつはぁ！」

「なら、前の彼氏さんとヨリを戻しましょう！」

「無理よぉ！　あれだけ酷い仕打ちをした私を、彼が許すはずがないでしょ！　もう死ぬしかないのよ！　私は！　絶対に死んでやるんだから！」

少女はため息をつくと、私にだけ聞こえるような声で「話しても無駄なようですね」とこぼした。「また少し飛ばしますから、しっかり掴まっててくださいね藪田さん」

少女はぐっとギアを入れ替えたようにスピードをあげる。まるで電車と競走でも始めたように、全力で対向の線路上を駆け抜ける。

そして犯人の乗る電車をみるみるうちに引き離すと、日の下駅の手前にまで到達した。またしても電車は豆粒ほどのサイズへと成り下がり、十分に距離が取れたことが窺える。

すると少女は急停止し、私をその場にゆっくりと降ろした。

「藪田さんは、離れていてください」

私は乱れた呼吸を整えながら尋ねる。「……君は、どうするつもりなんだね」

「止めますよ」と少女は当然のような口調で言った。「電車を止めます」

「しかし、どうやって？」

すると少女は、冗談めかしく力士のポーズを取ってみせた。中腰の体勢で、つっぱりよろしく両手を前につきだしてみせる。

「……嘘だろう?」

「本当です」少女は言った。「力ずくで止めるしか方法もなさそうですし」

「無茶だ」私は弱々しい声で言った。「いくらオンボロの車体だと言っても、かなりのスピードが出ている。君の体が受け止めきれるとは到底思えん」

「でも、止めないと……駅にぶつかったら大変なことになっちゃいますから。それに藪田さんもすでにご存知でしょう? 私、こういうところで頑張らないと、吐きそうになっちゃうんですよ」

「吐けばよかろうが!!」私は怒鳴った。「吐くだけ吐けばいい! 私がビニール袋を差し出してあげようじゃないか! でも、このまま電車と正面衝突すれば、君は『吐く』だけじゃ済まない! 君はすでに銃弾を浴びたせいで一部故障しているんだ。最悪の場合――」……君はバラバラに。

「大丈夫ですよ藪田さん」少女はありもしない力こぶを見せてみる。「私、本当に丈夫なんです。鉄腕アトムみたいに、です」

するると地面がガタガタと揺れ始めた。

線路の先を見つめてみれば、あれだけ引き離したと思っていた電車がもうすぐそこまで来ているのがわかった。みるみる振動も騒音も大きくなっていく。もう時間は、いくらもない。

少女は電車を迎え撃つようにまっすぐ前を向き、わずかに腰を落とし構えた。

「待ってくれ！　奈々子さん！」私は慌てて叫んだ。「言う！　言うよ！　奈々子さん！　さっき言おうとしていたこと、言うよ！」

少女は前を向いたまま言う。「ありがとうございます」

「私は、恥ずかしながらね……君に、奈々子さんに……惹かれていたんだ！」

少女は少しだけ意外そうな表情を浮かべると、静かにこちらを振り向いた。

私は続ける。「君のそんなおせっかいなところが、お人好しなところが、日を追う毎に私の胸を熱く焦がしていったんだ！　君のことが好きなんだよ、私は！　君がロボットだと知らされても、やっぱりこの気持ちは変わらない！　君が好きだ！　こんなことを言ったら、君に気持ち悪がられてしまうんじゃないかかとも思った。君に嫌われてしまうんじゃないかと、そうも思った。君は純粋に私の力になろうとして私に近づいてきてくれたのに、君は純粋に人助けの気持ちの表出として私に付き合ってくれていたのに……私はいつからか君に会うことそれ自体に、あらぬ喜びを見出し始めていた！　……正直に言って、仕事は辛かった。毎日毎日、辞めたいと思っていた。だけれどもそれは、私が『独りの人生』を生きてきていたからだったんだ。誰かのためなら、君みたいな人のためなら、私は歯を食いしばってでも会社にしがみついてられる……そう思ったんだ！　だから……だから！　君が壊れてしまうなんて、君が死んでしまうだなんて、私には耐えられない！　頼むから！　頼むから電車を止めようだなんて無茶はやめてくれたまえ！」

少女は黙って私の話に耳を傾けると、爽やかな朝の日差しのようにそっと微笑んだ。

「ありがとうございます、藪田さん」

揺れる地面。車輪の轟音。滲む視界。

「でも……やっぱり――」

少女はすぐそこにまで迫った電車へと、改めて向き直った。

「私は……こういう性格に『プログラム』されてるんで」

奈々子さん！

……叫ぼうと思ったと同時に、
突風のように現れる、車体。

電車は少女と、
衝突した。

目の前で花火が弾けたような衝撃が、私の体をも打つ。無理な摩擦のせいで車輪が窮屈そうな悲鳴を上げ、同時にバキバキと何か巻き込んだような硬質な音が響く。車体はぐっとスピードを落とす――も、すぐには停止しない。すでに車両の後部しか見えなくなってしまったが、おそらくはずるずると少女のことを押し込んでいるに違いない。電車はスピードを落としながらも、着実に私の元からは遠ざかっていく。

私は電車を追うように駆け出した。

「……な、奈々子さん！」

大声を上げながら走りだす。

なんてことだ……

どうしてこんなことに……どうしてこんな滅茶苦茶な事件が起こってしまったんだ。

電車は未だにわずか動き続けてはいたが、ようやく絶命したように完全停止する。辺りには車輪と線路の摩擦から生じたのか、鼻を刺すような異臭が漂っていた。車体の後部からは白煙が上がっている。

「奈々子さん！」

私はようやく電車の元までたどり着くと、急いで車両の正面へと回りこむ。

すると、そこには——

「……あぁ、や、藪田さん」

私は少女の姿を見つけると、そのまま線路に敷き詰められた砂利の上に膝をついた。体中の力がどっと抜けてしまう。

「ほ、ほら……止まったでしょ？」

確かに電車は止まった。私は事実を認めながらもしかし、ゆっくりと首を横に振った。

「……君はなんて、馬鹿なことを」

「そ、そんな……」少女は今にも消え入りそうな声で言った。「……ほ、褒めてください
よ」
私は少女の体を見つめてみる。
少女は線路の上に仰向けに倒れていた。
あれだけ白く綺麗だったはずの顔はさながらかすり傷のようにところどころ黒ずんでし
まっており、右肩部分は衣服も皮膚も剝がれ内部の金属（なのだろうか）部分が、露出し
てしまっている。痛々しいことこの上ない。しかしながら何よりの問題は、下半身。
あろうことか少女の腰から下は——なくなっていた。跡形もなく、ちぎれてしまってい
た。
腰の断面からは細いコードや機械の一部分が飛び出し、彼女がロボットであるというこ
とをこれ以上ないほどに克明《こくめい》に知らしめている。
「やっぱり——」私はぽつりと、涙をこぼした。「君の体は……耐えられなかったじゃな
いか‼」
少女はしかし私に対して微笑んでみせる。「……おち、落ち着いてください。藪田さ
ん」少女は発音しにくそうにしながらも絞り出すようにして言葉を紡いでいった。「全
部、大丈夫なんですよ」
「そんなわけ、ないだろうが！」

「いえいえ」少女は無理に笑う。「本当に大丈夫なんです。おそらく藪田さんのご想像どおり、この体はもう使いものにならないと思います。だけれども私も今どきのロボットですから、性格、記憶、その他の内部情報はすべてクラウドでオンライン管理されているんです。なので、私の体が壊れてしまっても、私は……私という『心』は、消えたりなんてしません。サーバーが無事である限り、人格は保存されたまんまです。……ロボットのくせに『心』だとか『人格』なんて、おかしな話ですけどね」

私は黙っていた。

「ついでにネタばらししちゃうと、先日藪田さんのお尻をムチで叩き続けた『774号』の中身も……結局、私なんです」

「……あの北欧美人が、君？」

「はい」少女はかすかに頷いた。「外側は関係ありません……重要なのは中身です。私たち774号、775号、776号の三体は別々に製造されましたが、コントロールしているシステムはたった一つ、『私』の人格だけなんです。藪田さんのお尻をムチで叩いたの、結構楽しかったですよ。あはは。……なので藪田さんは先ほど私のことを『好き』だと、そう仰ってくれたのですけれども、もしその真意が『私の見た目が好きだ』という意味でさえなければ、何も問題なんてないんです。それとも藪田さんは、この『奈々子』のボディが好きだったんですか？」

「と、とんでもない！」なぜだか私はムキになって否定していた。「むしろ見た目で言うなれば、北欧美人の方が若干好きなくらいだ！」

「あはは」少女は力なく笑った。「そんなわけなので……本当に……あぁ、ダメだ。エネルギー循環器が回ってないから……視界がなくなっちゃった」

「む、無理をするんじゃない！　すぐに治療――修理をしてもらわなくては！」

「だから……大丈夫なんですって藪田さん。この体が壊れても……『私』はすぐに別の体を使ってまたここに来ますから」

「そ……そうか、でも」

「最後に……藪田さん」少女は眠たそうに目を閉じながら言った。「『好きだ』と言ってくださってありがとうございました。ロボットですけれども、私にも『感情』というものは確かにあります……嬉しかったです。本当に……ありがとうございました。でも……でもですよ、藪田さん。やっぱりロボットに恋なんかしても……いいことなんて……なんにもないですよ。本当の『人間』を……好きになってあげてください」

「し……しかし！」

「一人だけ……」少女はいよいよ完全に目を閉じる。「私の『性格』の基盤となった人物が……この日の下町にいます。私ほど極端ではないですが……それでもおせっかいで、お人好しな……頼りになる女性が……この日の下町にいるんです……。もちろん彼女はれっきとした人間ですよ？　私とは見た目も違いますし……言葉遣いも、おそらくは雰囲気も……だいぶ違うことでしょう。……だけれども、その人の『根本』は私とおんなじです。手前味噌っぽくて恐縮ですけど……心優しくて、明るくて、とても素敵な女性です。すぐには彼女を見つけられないとは思いますが……きっと彼女を見つけて、大切にしてあげてください。彼女は私と『声』だけは、完全に同じであるはずです……声を手がかりに……」

「……待ってくれ奈々子さん！　そんな人、見つけられるはずが――」

「大丈夫……きっと……見つかり……ま……すよ。ごめんなさい……本当に、もうダメみたいです……で、では――」

それっきり、少女は何も言わなくなってしまった。

肩をたたいても、声をかけても、彼女は一切反応しなくなった。

私は彼女の話を、言葉を、しっかりと心に焼き付けていた。彼女が何を言ってくれたのか、彼女という存在がどのような仕組みで成り立っているのか、確かに理解をしていたはずだった。なのに、涙が止まらなかった。

私は泣き続けた。

白煙を上げる電車の横で、

町内一帯に轟《とどろ》かんばかりの叫び声を上げながら、

泣き続けたのだった。

2周目．折尾　乱歩（日の下南小学校　小学四年生男子）数時間前

なんで、こんな目にあわなくちゃいけないんだ？

僕は正座させられたまま、ピストルを持っている『立てこもり犯』の男の人を見つめてみる。男の人は何やらそわそわとして落ち着きがない。すごい量の汗をおでこにひからせながら、まるで試験時間中の先生みたいに黒板の前を行ったり来たりしている。何かの拍子に突然暴れだしてもおかしくない雰囲気だ。

それにしても、本当にツイてない。

六十億円もするという猫の置物を（芙蓉さんが）盗んでしまったことを謝りに学校に来ただけなのに、まさかこんなことに巻き込まれてしまうなんて。

突然教室に飛び込んできた男の人はピストルをちらつかせると、僕たちにその場に座り込むように告げた。僕は少しだけ（本当に少しだけ）五十嵐先生がかっこよく犯人を取り押さえてくれるんじゃないかと期待していたのだけれども、もちろんそんなことはなく、先生は誰よりも最初に床に正座した。そしていつもの淡々とした態度はどこへいったのか、涙と鼻水をじゅるじゅるにして犯人に命乞《いのちご》いをした。

日頃から頼りにならない先生だったけど、まさかこんなにまで情けない姿になってしまうとは……。こういうときにこそ、きっと人間の本質みたいなものがでてしまうのだな。今も、時折洟をすすりながらどうにかして犯人に取り入ろうとしている。本当にかっこ悪い。

一方の芙蓉さんは、事態の深刻さを今ひとつ理解していないみたいに、いつもの様子でおとなしく座っていた。芙蓉さんの態度はそれはそれでどうかと思うけれども、でも少なくとも先生の態度よりはよっぽど立派に違いない。なににしても、先生が頼りにならない今、僕が芙蓉さんを守ってあげなきゃいけないぞ。

犯人は徒競走の後みたいに大きく口で息をしながら窓の外を睨みつけていたのだけれども、何かを思い出したように突然携帯電話を取り出した。そしてどこかに電話をかける。

「……いいか、よく聞け」犯人は電話口に向かってそう言うと、また黒板の前をうろうろとし始める。「今から一時間経過するごとに、人質を一人ずつ射殺していくことに決めた」

「えぇぇぇ‼」という声を上げたかったのは僕だったのだけれども、実際に声を出したのは先生だった。先生は鼻水をちょろりと鼻から垂らすと、助けを求めるような表情で犯人のことを見つめる。

芙蓉さんは犯人の言葉の意味がよくわかっていないのか、やっぱり興味もなさそうにぼうっとしていた。

「人質の命が惜しかったら、すぐに現金六十万円と車を用意することだな」

犯人は電話を切ると、僕たちの方へと銃口を向けた。

「いいかお前ら、聞いてたとおりだ」犯人は悪い笑顔を浮かべながら言った。「お前らを一人ずつ殺していくことに決めた。死ぬ順番は、お前らの好きにさせてやる。……ほら、誰が最初に撃たれるのか、お前たちで順番を決めな」

先生が僕たちの方を向く。「と言ってるけど……どういう順番にしようか？」

どこまでかっこ悪い先生なんだろう。

「……こ、ここは、平等にじゃんけんにしておこうか？」

どの口が平等を謳うというんだ。

「……あっ、でも先生には、みんなを最後まで見届けなくちゃいけない責任があるからなぁ」

あわよくば最後のポジションを獲得しようとしている。

すると見かねた犯人が「さすがに、じゃんけんにしておいてやれよ」とアドバイスをしてくれたので、僕たちはじゃんけんをすることになった。その結果、芙蓉さんが最初、僕が二番目、そして先生が最後という順番になってしまった。見事に最後まで勝ち抜いた先生は両手でガッツポーズをしていたのだけれども、問題はそんなところじゃない。僕はさすがにこれではいけないと考えて芙蓉さんと一番目のポジションを交換してもらうことにした。

芙蓉さんはやっぱりどちらでもよさそうにしていたけれども、どちらでもいいわけがない。こういうときに女の子を守ってあげられないで、何が——と先生がカッコ悪すぎる反動で、僕がカッコいいことを言ってみたはいいけれども、僕はすぐに後悔した。やっぱり怖い。怖すぎる。

僕はひょっとすると後一時間程度しかない自分の人生を惜しんで、せめてもの慰めにと先生の机の上に置いてある猫の置物をじっと見つめた。今のうちにたくさん見ておこう。せっかく芙蓉さんが盗んできてくれた六十億円の置物だ。死ぬ前に、少しだけでも……。そうして猫の姿を見ていると、犯人の要求している現金六十万円がバカみたいに思えてきた。そんなちょっぴりのお金のために、僕のことを殺そうとしているんですか？

そうして僕が泣きそうな顔をしたままドキドキしていると、廊下の奥から大きな声が聞こえ始めた。男の人の声だ。男の人はどうやら犯人のことを説得しているようだった。合コンがどうのこうのとか言っているようで、その意味は僕にはよくわからなかったけれども、とにかく僕たちの味方であることは間違いなさそうだ。だけれども犯人は男の人に対してそれ以上近づくなと告げると、男の人の言葉に一切耳を貸すようなことはしなかった。

そしてもう少しすると、今度は別の男の人の声が聞こえてきた。

「諏訪部！　聞こえるか？　藪田だ！」

この声が聞こえた瞬間、犯人は明らかに動揺した。大きな声で返事をする。するとまた『ヤブタ』という人からも返事があった。そうして言葉を交わしていくうちに、徐々に犯人は熱くなり始め、大声で反論をするようになる。僕は嫌な予感を覚えていた。

まずい。犯人が怒り始めている。

とうとう犯人が暴れだしてしまうかもしれないぞ——と思った瞬間。

イライラが頂点に達したのか、犯人はたまたま目の前にあった手のひら大の置物を手に取った。それは……他でもない、芙蓉さんが盗ってきた猫の置物『トゥルマリナキャット』だ。中世ヨーロッパで生まれたという、推定六十億円の置物。そう、六十億円。

う、嘘でしょ？

ま、まさか……そんな。

しかしそんな僕のドキドキもよそに、犯人はトゥルマリナキャットを掴んだ右手を高々と持ち上げた。そして叫ぶ。

「うっるせぇえんだぁよぉおお‼」

犯人は——あぁ、あぁ！

トゥルマリナキャットを、

思い切り、床に

——投げつけてしまったのだ!

瞬間、

パリーンという派手な音と共に、猫の置物は粉々になる。

僕は頭の中が真っ白になる。まるで注射器で脳みそをちゅるちゅる吸い取られていくみたいに、何も考えられなくなり、口をあんぐりと開けたまま固まる。

先生は悲鳴を上げた。

「あぁあぁ! ろ、ロクジュウオクぅぅ」

先生の悲鳴がうるさかったのか、犯人は慌てて天井に向かってピストルを一発放った。

「うるせぇぞぉ! 黙れ!」

ドンという、重たい銃声が鳴り響く。

だけれども、僕にはほとんどすべてのことがどうでもいいことのように思えた。

あぁ、六十億円の猫が、バラバラに……バラバラになってしまった……あぁ。

べ、弁償しなきゃいけないのかな?

僕まだ小学生だけど、アルバイトとかしないと、ダメかな?

あぁ、それとも内臓とか、売るのかな?

僕は、そのまま、床に倒れこむ。

芙蓉さんが心配して声をかけてくれていたようだったけれども、ほとんど耳には届かない。

僕はそのまま目を閉じると、静かに意識を失った。

――――――

かすかな振動。

僕はゆっくりと、目を開ける。

ここはどこだ？　僕はどうしていたんだ？

するとどうやら、僕は車の中にいるらしいということがわかった。

車はゆっくりと小学校近くの道を走っている。僕は後ろの席に座らされていて、運転席には体の大きな男の人がいた。あれは誰だろう。

「お、折尾くん！」

僕はそんな声に慌てて横を向く。僕の隣の席には芙蓉さんの姿があった。芙蓉さんは僕の顔を見ると安心したようににっこりと微笑んだ。

「……ここは？」

「お巡りさんの車の中」と芙蓉さんは答えてくれる。「折尾くん……気を失っちゃってたから、お巡りさんが車に乗せてくれた」

気を失ってた……のか。

「おっ、起きたのかぁ？」と運転席の男の人が低い声で尋ねてきた。「それはぁ、よかったぞぉ」

ルームミラー越しに目があったので、僕は小さく頭を下げておいた。

それにしても、気を失ってただなんて恥ずかしいな。芙蓉さんは元気にしているところを見ると、きっと気を失ってたのは僕だけなのだろうし。まったく、情けないったらありゃしない（先生よりはマシだったんじゃないかと思うけど）。そんな先生は、どうやら別の車で移動中らしい。僕が気を失っている間に、事件も無事に解決したとのこと。

それにしても、どうして僕は気絶をしてしまったんだろう——と、考えると、僕は絶望的な事実を思い出した。

「そうだ、猫の置物！」

あぁ……僕は頭を抱えると、そのまままため息をついた。

窓の外を覗くと、車はちょうどラウンドアバウトに差しかかるところであった。ラウンドアバウトの中央にはレストランが建っているのだけれども、なぜだかテラス席がグチャグチャに乱れていた。それはなんとなく、今の僕の心の中を表現しているようで、僕はいっそう重たい気持ちになった。あぁ、最悪だ。

「あ、あの……折尾くん」と芙蓉さんは遠慮がちに言う。「じ、実は……ね。猫の置物は、大丈夫……なの」

僕は首を傾げる。「どういうこと？」

すると芙蓉さんは、ポケットの中から一枚の紙切れを取り出した。芙蓉さんの表情がどことなく沈んでいるように見えたので僕は不安になったのだけれども、恐る恐るその紙切れを受け取ることにした。手にとってすぐ、それがレシートであることがわかった。

そこには千九百円のお買い物をしたことが記されている。いったいこれが何だというのだろうと思いながらよくよく買ったものの内容を見つめてみると、僕は驚いた。

『トゥルマリナキャット　レプリカ　……　1900円』

「れ、レプリカ？」

芙蓉さんはまるで謝るみたいに頷いた。「び、美術展のおみやげ屋さんで売ってたの。それで、折尾くんに……その、ぷ、プレゼントしようと思って、買った」

「買った？」

芙蓉さんは頷いた。

「盗んだんじゃなくて？」

芙蓉さんはほとんど泣きそうになりながら頷いた。「ご、ごめんなさい……。折尾くん、本物の猫の置物が見たかっただろうから……レプリカだって知ったらきっとがっかりすると思って……」

「それで、本物を盗んだフリをしてたの？」

「……うん」芙蓉さんは僕の顔色を窺うみたいに、ちらりとこちらを覗き見た。「がっかりした？」

「しないよ！」僕は心の中からドロドロとした悪いものが流れだしていくのを感じる。

「じゃあ、あの犯人が割っちゃった猫の置物も、六十億円の本物じゃないんだね？」

「……うん」

ぱっと僕の心に太陽の光が差し込んでくる。よかったぁ……。アルバイトも、内臓売りもしないで済みそうだ。

僕は安心すると、そのまま車のシートにぐったりと沈み込んだ。よくよく考えれば、当然のことじゃないか。いくら芙蓉さんが盗み上手だといっても、美術展の展示品を盗めるわけがない。

まさか本物の、ルパンじゃあるまいし。

「ほ、本当は……」芙蓉さんは自分の膝辺りを見つめながら言った。「本物を盗んじゃおうかな、って思った。折尾くんは、本物の猫の置物を見たがってた。でも……折尾くんと約束したから。これからは絶対に『他人のものを盗まない』って……だから、レプリカを買うことにした。でも……でも、買ってすぐに思った。ひょっとしたら折尾くんは、猫の置物が偽物だと知ったら、すごく……すごくがっかりするんじゃないかなって、折尾くんに嫌われちゃうんじゃないかなって、思い始めちゃって……」

「だから嘘をついたの？」

「うん……」芙蓉さんは涙をこぼした。

僕はそんな屈折した芙蓉さんの涙に思わず小さな笑顔をこぼすと、「すんごく嬉しいよ」と言った。「だって、芙蓉さんが僕にプレゼントをしてくれようとしたんだもん。それに僕との『他人のものを盗まない』って約束も守ってくれた。それはもちろん本物の猫の置物が見れなかったことは残念だけどさ、それでも芙蓉さんがドロボウをやめてくれたのなら、それは僕にとっても、すんごく嬉しいことだよ。そもそもあのレプリカだって千九百円もしたんでしょ？　何ていうか……うまく説明できないけどさ。千円以上のものって、ほとんど価値はおんなじようなものじゃん。六十億円も、六十万円も、千九百円も、ほとんど大差ないよ」

そんな僕の話を聞くと、芙蓉さんは涙を拭って頷いてくれた。そして小さな笑顔を見せてくれる。

「とにかくさ」僕は言う。「芙蓉さんがドロボウしないのが、僕にとっても一番嬉しいことだから。自宅謹慎になるために僕の洋服を盗んだのが最後のドロボウ……ってことで。

これからは――」

「そ、それは違う！」となぜだか芙蓉さんは首を横に振った。

「違う？」

芙蓉さんは自信を帯びた表情で頷く。「折尾くんとは、仲よくなれた」

うん……ん？　芙蓉さんの言っていることの意味がわからないぞ。

「折尾くんは、『他人のものを盗んじゃいけない』って……そう言った」

「……言ったよ？」

「だったら、大丈夫」

芙蓉さんはやっぱり自信を持って頷いた。

「折尾くんのものは『他人の』ものじゃない」

僕はしばらく固まっていたのだけれども、やがて表情を崩していった。

まったく、芙蓉さんの言っていることは、あるいはトンチは、まったくもって理解が及ばない。芙蓉さんは少しばかり（いや、とっても）変わった子で、僕の持っている常識のほとんどが通用しない。だけれども僕にはどうしても、そんな芙蓉さんのことを拒否することも、放っておくことも、できないのだった。

僕は言った。

「猫の置物、せっかくプレゼントしてくれたのに、壊しちゃってごめんね……。だから、いつになるかわかんないけどさ……その、今度は――」

ほっぺが赤くならないよう願いながら、最後まで言い切った。

「一緒に本物の置物を見に行こうよ……ふ――」

ふじこ、ちゃん。

3周目．梅木　鶴子（東台高校卒業　十八歳女性）数時間前

おいおい。

あたしゃ、こんなに会話が弾まなくなるとは思わなかったよ。

元モテ男こと蕗太郎と共にトゥルマリナキャットという猫の置物を鑑賞してから美術館を出ると、蕗太郎はとうとう何も言わなくなってしまった。まるでずっと息でも止めているみたいにガッチガチに固まり、まっすぐ正面だけを見つめている。なんだいこいつは……。ひょっとして、緊張でもしてるってのかい？　このあたし相手に？

美術館の中ではそもそも鑑賞マナーという意味合いにおいて会話はご法度であったが、外に出たのなら話は別だ。何か気の利いたことの一つや二つ言ってみなさいよ蕗太郎。今までは何ら違和感なく話ができてたじゃないか。

「じゃ、じゃあ」と蕗太郎はどこか遠くを見ながら言う。「く、クレープでも、ベンチに

……座り。クレープ……しようか?」

「はぁ?」

「ベンチクレープに……しませんか?」

あたしは呆れ顔で尋ねる。「そこのクレープ屋でクレープを買って、そこにあるベンチにでも座りましょうか、と、そういう意味でいいのかい?」

「あっ、そ、そうです。答えは……『YES』だ」

「なに慌てて気取り始めてんのさ。気持ち悪いからそのしゃべり方やめなさいってのよ」

そうしてあたしたちはクレープを二つ購入しベンチに座る。蕗太郎はさながら久しぶりの食料にありついた寡黙なリスのようにむしゃむしゃとクレープを頬張っていたのだが、そのうちに携帯電話を取り出した。どうやら電話がかかってきたらしい。

蕗太郎はしばしバイブを続ける携帯電話の画面を難しい表情で見つめると、小さく首を傾げた。

「誰からなの?」

「いや、それが」と蕗太郎は目を細める。「登録されてない番号からなんだ」

蕗太郎はまるで相手が自己紹介してくれるのを待つように携帯の画面を見つめ続けていたので、あたしは電話に出てみたらいいじゃないかと告げてやった。すると蕗太郎は恐る恐る通話ボタンを押し込んだ。

「もしもし？」

マイクの音が大きかったのか、あるいは相手の声が大きかったのか、電話口の声はあたしの耳にも届いた。

「あっ、ありがとうございます‼　電話に出てくれるとは思ってませんでした！」

「ごめんなさい……どちら様かな？」

「私です！」はしゃいでいる声が聞こえる。「以前ファミレスでお会いした、ウェイトレスです！」

蕗太郎はしばらく黙りこんで記憶を探ると、ようやく思い出したらしい。「あぁ……あのときの」

あたしも思い出した。他でもない。あたしが蕗太郎に呼び出されて向かったファミレスで、お冷の中に毒を盛ってきたあのウェイトレスだ。

「ごめんよ、悪いんだが、君とおしゃべりする気は――」

「聞いてください！」女は蕗太郎の言葉には耳を貸さない。「勇気を出してもう一度、今度はもっとはっきりと言いますね！　この間お店で見て、一目惚れしちゃいました！　大好きです！　私と付き合ってもらえませんか？」

蕗太郎はマイクが音を拾わないように留意しながらため息をつくと、「ごめん」と言った。「君とお付き合いはできないんだ」

「あぁ、大丈夫大丈夫です！」声のトーンは曇らない。「私、きちんと彼氏と別れたんです！　なので、二股とかにはならないんで大丈夫ですよ！」

「……いや、そういう問題じゃなくて」

「それとも、あれですか？　血液型の相性とか気になっちゃうタイプですか？」

「……ん？　それはちょっと気にするかもしれないけど、でもそういう問題じゃなくて」

「私AB型ですよ！　どんな血液型とも相性ピッタリです！」

「……AB型ってそんなに万能だったっけ」

「おひつじ座のAB型の火星人−《マイナス》ですよ？」

「……うん。六星占術はよくわからなくてね……いずれにしても――」

「ほらほら、こんな優良物件ありませんよ？」

「聞いてくれ！」蕗太郎は少しだけ語気を強める。「君とはお付き合いができないんだ！」

すると女は三秒ほどの沈黙をつくってから、いっそ別人なんじゃないかと思うほどに低い声を出した。

「どうしてですか？」

「どうしてもだよ」蕗太郎は言った。「もちろん好意を持ってくれたことはとても嬉しいよ。ありがとう。でもきっと君は僕のことを勘違いしている。今の僕はもう、以前のように魅力的な人間では――」

「なら死んでやる」

……へっ？

あたしは耳を疑った。

そして蕗太郎も耳を疑っているようだった。電話を握りしめたまま固まっている。

「これだけブリッ子してキャラまでつくって媚《こ》び売ってるってのに、まったく話すら聞こうとしないで……。こっちはこんなに、こんなにあなたのことを心から好きになったっていうのに」女はため息をつくと、淡々とした口調で続ける。「もう何を言っても遅いから。……私は今、北津橋《きたつばし》駅にいる。ここから電車を乗っ取って、そのまま終点の日の下駅まで暴走して、車止めのブロックに衝突して、すべてを滅茶苦茶に破壊して死んでやる」

「な、何を、冗談を……はは」

「本気だって言ってるでしょ‼」

すると、電話の向こう側がにわかに騒がしくなった。何か携帯電話を激しく動かしているようなノイズが響く。そしてかすかにおじいさんの声が聞こえてきた。

「ま……待て！　電車をどうする気だ！　この電車を乗っ取ろうとでも言うのか？」

「そのとおりよ、おどきなさいこの耄碌《もうろく》運転手が！　この電車は今から私のものよ！」

「勝手なことを。さては私が老人だと思って……舐めているようだねお嬢さん」

「なにっ⁉」

「まだ若いのに……可哀想に。地獄で後悔しなさんなお嬢さん……」

「そ……その構えは‼」

全然状況は把握できないが、何やらボス戦みたいな雰囲気になっているようだ。やってしまえおじいさん！　運転手の意地にかけて、そんな女なんかボコボコにしてやんな！

「怖いものだ……」おじいさんの声が聞こえる。「年を……取るということは。ゴフッ！」

負けたっぽい！

口ほどにもないぞおじいさん！

まもなく電話口からは女の声が聞こえ始める。

「さぁ……電車は走り始めたわ。もう日の下に辿り着くまで時間はいくらもない。その間、あなたはじっくりと噛みしめるがいいわ。私をフったということの罪の重さを、私の怒りと憎しみの深さを、そして、自分自身が人殺しになるのだという事実をね！」

女はそこまでしゃべると、ぷつりと電話を切った。

蕗太郎は電話とクレープを握ったままどうしようどうしようと、激しく取り乱す。あたしは蕗太郎に落ち着くよう告げると、ひとまずもう一度先ほどの女に電話をしてみるように指示した。しかしながら女は電話の電源を落としてしまったようで、電話が繋がることはなかった。

「……止めに行かなくちゃ」

気持ちはわかるが、距離的にここから北津橋駅、ないし日の下駅へと向かう線路まで走って行くことは不可能に近い。女は北津橋駅から出発して日の下駅に向かうと言っていたので、おそらく所要時間は一時間程度だろう。だとするならば、全力疾走はもちろん自転車があったとしても間に合わない。そして生憎《あいにく》この田舎町はそこらでちょいとタクシーを捕まえられるほどに栄えてもいない。参った。あたしはひとまず警察に電話をして事件のあらましを説明すると、遠回りにはなるが一度蕗太郎を連れてあたしの家に戻ることにした。

「梅子さんの家に行ってどうするというんだい?」蕗太郎は動揺しながら尋ねる。「このままじゃ、最悪の事態──大殺界《だいさっかい》だよ」

「なんで六星占術引きずってんのよ」あたしはすでに自宅へと戻る道を進み始めている。「うちに乗り物があるのよ。漆原博士からもらったセグウェイのバッタもんが。あんたも乗ったでしょ?」

「……なるほど」

あたしたちは急いで自宅へと戻ると、セグウェイならぬ『ゼグヴェイ』に二人で乗り込み、女がジャックした電車を目指して走りだした。この時点ですでに三十分近くが経過してしまっている。果たして間に合うだろうか。

前回の大立ち回りでゼグヴェイの操作には一定の自信を得ていたあたしは、すぐにスピードレバーを『クレイジーカウボーイ』へと捻った。ゼグヴェイはやはり暴力的なまでのスピードでずんと加速すると、瞬く間に猛スピードで風を切り始めた。

しかし、どこか物足りない。

そう、そうなのだ。前回、誘拐されそうになっていた蕗太郎を助けに向かったとき、このゼグヴェイに乗っていたのはあたし一人きり。しかし今は違う。ただでさえ贅肉たっぷのあたしのみならず、今は蕗太郎の体重をも支えているのだ。確かにクレイジーカウボーイが速いことには違いないが、これではちょいとばかり物足りない。

するとなると……使うしかないのだろうか。

あたしは交差点を左折したところでスピードレバーを見つめてみる。

思い出すのは漆原博士の言葉。

『スピードは「ロースピード」「ハイスピード」「クレイジーカウボーイ」「ヘブン」の四段階で調節が可能だ』

——ヘブン——

ヘブンて。危ない匂いしかしないじゃないか。絶対に試したくなんてない。ないのだが——このままでは蕗太郎がフった女が『天国《ヘブン》』に到達してしまう可能性がある。まったく、はた迷惑な女だよ。

あたしは、すぐ背後に同乗している蕗太郎に向かって「スピード上げるよ」とだけ告げると、決死の覚悟でスピードレバーを『ヘブン』へと捻るのだった。

瞬間、

音が消えた。大げさな表現ではなく、あたしは今この瞬間に、なるほど死んでしまったのだと直感した。五感がすべて消え、何もかもが『無』の世界へと突入する。ぱっ、と、すべてが光の中に溶け、暗転。しかし徐々に、言うなればふすまの隙間からちょっとずつ光が差し込んでくるように、少しずつ、少しずつ意識が戻ってくると、あたしはまだ生きているのだということ、そして今自分が絶望的なまでの加速の中にいるのだということを思い出した。

ニュインとひしゃげていた世界がゆっくりと輪郭を思い出していく。いけない、きちんと操縦せねば。しかしハンドルが言うことを聞かず、舵が取れない。

前方には、まるであたしたちがコントロールを失うタイミングを計っていたかのように、ラウンドアバウトの姿が現れる。なんて運のない……こりゃきっと、あたしか蕗太郎のどっちかは、本当に大殺界に違いない、なんてことを考えている間に——

衝突。

ラウンドアバウト中央のお洒落レストランのテラス席に、（なぜだかすでにだいぶ滅茶苦茶に荒らされていたようだったが）あたしたちは突入。テーブルも料理も看板もひっくり返って惨憺《さんたん》たる状況になっていたレストランに、更なる衝撃と崩壊をお見舞いしてしまく。

そしてそのまま通過。

あたしはどうにかハンドルを調整すると、わずかずつコントロールのコツを掴んでいく。

「蕗太郎、あんた大丈夫だった？」

「……問題ないよ」蕗太郎は光速の世界で言う。「レストランには悪いが、早くあのウェイトレスを止めに行かないと」

あたしはハンドルに張り付いていたピザの切れ端を払い落とすと、駅に向かって『ヘブン』モードのまま走り続けた。操縦は一苦労だが、ここからは線路までほとんど一直線。曲がる心配がない分不安要素も少ない。

そうしてしばらく走り続けると、ようやく線路沿いまで到着する。

しかし電車の姿は見えなかった。

ひょっとすると、すでに日の下駅に衝突してしまったのかもしれない。時間的に考えれば十分にあり得る話だ。あたしは冷や汗で湿ったハンドルを何度も握り直しながら、線路沿いを日の下駅方面へと向けて走らせ続けた。

すると視界の前方に、狼煙《のろし》よろしく白煙がしゅるしゅると立ち上っているのが確認できた。何かと思いながら近づいてみると、他でもない。わずかに脱線した車両が停止しているではないか。

あたしは慌ててゼグヴェイを停止させると、そのまま柵を飛び越え、蕗太郎とともに電車へと駆け寄っていった。見たところなにもない平坦な道だというのに、いったいどうして電車は脱線しているというのだろう。何か障害物にでもぶち当たってしまったのだろうか。

蕗太郎は車両後部の窓をこじ開けると、迷わず車内へと突入していった。あたしはフィジカルの面で車両への侵入が困難そうだったので遠慮したが、まもなく車両内からは先ほどまで電話越しに聞いていた女の声が聞こえてきたので、どうやらこれが乗っ取られた車両で間違いないようだった。女は、あんた誰、私が一目惚れした人はこんな人じゃなかったはずだ、嘘だ、夢を返せ、というような絶望の声を上げている。改めて漆原博士の開発した薬品の効力を思い知る。

やれやれ、何があったかは知らないが、どうやら最悪の事態は回避できたようだ。理由のいかんに関係なく、自分のせいで人が死んだとなってしまえば蕗太郎も心にダメージを負うことになってしまっただろうし、そうでなくとも日の下駅が破壊されてしまっては甚大な被害が予想される。ハッピーエンドで本当によかったよ。

そんなことをあたしが一人で考えていると、どこからかすすり泣きのような声が聞こえてくることに気がついた。なんだこれは？　どうやら声の主は男性のようで、しくしくと悲しい嗚咽を漏らしている。あたしは声のする車両前方へとゆっくりと移動していった。

するとと車両の正面で、スーツ姿の男性が膝をついているのが確認できた。

あたしは大いに驚いたが、男性の醸しているあまりにも物悲しいオーラに引き寄せられるようにしてゆっくりと近づいていった。

そして男性の足元には――

「ひぃっ！」あたしは思わず声を漏らす。

そこにはなんと、下半身のない美しい女性の死体が――と、思いかけたところで、あたしは事態を正確に把握する。死体ではない。彼女は『ロボット』だ。よく確認してみれば周囲には彼女を構成していたであろうパーツの数々が散乱している。それにしても、どうしてだろう？

「……どうして、あのロボットがこんなところに？」

あたしがそう呟くと同時に、何を思ったのか。

それまでずっとすすり泣いていた男性がくるりとこちらを振り向いたのだ。あたしは驚いて思わず一歩後ずさりをする。男性はまるで母親を見つけた迷子のように、顔をくしゃくしゃにし、今にも大声を上げて泣きそうな顔になる。なんだなんだ、どうしたっていうんだい？　男性は生まれたてのロバみたいによれよれの足で立ち上がると、あたしの方へと一歩近づいてきた。

「……君なのか？」
「は、はい？」
「声が──」男性は静かに涙をこぼしながら言った。「声が、、、、一緒だ」
ちょっと耳にしただけでは何を言っているのか意味不明な発言ではあったが、それでも
あたしには男性の発した言葉の意味が割とすぐにわかった。
男性は涙を大きくすすると言った。「君が……奈々子さんの……このロボットの──」
あたしは男性の危うい態度に動揺しながらも、「そう、だと思いますよ」と答えた。「こ
のロボットに声をあてたのが、あたしなのかという質問だとしたら……間違いないです。
あたしが中学時代の同級生の『日輪』ってやつからお願いされて、漆原博士に声の提供を
しました……けど、それが？　……というかお兄さん、大丈夫ですか？　随分ふらふらで
すけど。ここで何があったんです？」
「……見つけたよ」
男性はそう言うと──えっ？
あっ、あろうことか、あろうことか。
このあたしに、
──抱きついてきたではないか。
男性はあたしの背中でしっかりと両手を組むと、かすれた声で言葉を紡いだ。

「君を……探そうと思ってたんだ」

「へっ、いや……ちょっと、えっ？」

あたしは若干の不気味さから男性のことを拒絶しようと思ったのだが、男性があまりにも精神的に強くうちひしがれているようなのでとうとう全力で拒否することができなくなってしまう。……なんだなんだ？　何が起こってるんだ？　どうしちゃったんだこの人？

「君のことが、好きだ」

「はぁ!?」あたしはこんなにも異常な状況だというのに、非モテ育ちをしたばっかりに不覚にも頬を赤く染めてしまう。「……じょ、冗談はやめてください。ほ……ほら、放してください」

「本気だ！」男性は両手に力を込めた。「君ほどおせっかいで、心が温かく、思いやりのある人間を、私は他に知らない！　君のことが――君のことが好きなんだよ！」

「お、お世辞をありがとうございます。でもほら、初対面ですしね……放してください。よく見てくださいよ、あたしケッコー太ってるし、顔も冴えないし」

「見た目なんか関係あるものか！」男性は力強く叫んだ。「大事なのは、中身だろうが！　私は君の温かさに触れて、生きがいを見つけることに成功したのだ！　私は君の見た目が女子大生風の清純派美少女だろうとも、たとえ金髪の北欧美人だろうと、ぽっちゃり体型の女の子であろうとも、そんなことは一向に関係がなく……ただただ、ひとえに、まっすぐに……君の『中身』が、『君自身のこと』が、大好きなんだよ！」

あぁ……えっ？

こ、これは……いったい、どうしたら？

あたしがそうしてなされるがままの状況で動揺をしていると、背後から大きな声がした。

「ま……待つんだ、そこのサラリーマン！」

蕗太郎だ。蕗太郎はいつの間に車内から飛び降りてきたのだろうか、あたしのことを抱きしめているサラリーマンを力強く指さして大見得を切った。

「今すぐに梅子さんを放すんだ！　その人は……その人は！」蕗太郎は大きく息を吸い込んだ。「あなたの言うとおり、誰よりも優しくて、心の温かい最高の女性だ。何の見返りもないのに、困っている僕のために一肌も二肌も脱いでくれた、僕の命の……人生の恩人だ！　そして何より……僕が……僕が、初めて、こ、『恋』をした人なんだ！　どこからかポッと現れた謎のサラリーマンが触れていいような人じゃない！　梅子さんを放すんだ！」

「君こそ誰だね！」男性はあたしを抱きしめたまま吼える。「私だって彼女自身ではないが――彼女の優しさが生み出した奈々子さんという名の『心』に、窮地を救ってもらったのだ！　私の方が、彼女の温かさを、優しさを、十分に理解している！　君にはこの人を抱きしめる資格があるというのかね？」

「うるさい！　いいからすぐにその手を放すんだ！」

そうして侃々諤々の議論が縦横無尽に展開されていく中、呆然としたあたしは抱きしめられたままおもむろに柵の向こう側へと視線をやる。

するとそこには、いつか見たことのある金髪の北欧美人と、愛らしい幼稚園児くらいの女の子の姿があった。彼女たちは柔らかな笑みを浮かべながらあたしの姿を見つめると、やがて何かを察したように小さく手を振ってから去っていった。

一体全体どうして、何がどうなって……このあたしが、こんな状態になっているというのだ？

「梅子さんを先に好きになったのは、僕なんだ！」

「順番の問題ではない！　問題は愛の大きさなのだよ！」

まだ三月中旬だというのに、
こんなあたしに、

『春』の予感……なんて。

いやいやご冗談を。

4周目・満作　千代子（東台高校卒業　十八歳女性）ほぼ同時刻

「じゃあ、そろそろ時間だから行くね」

私が最後の言葉を告げると、佳奈ぶんは「あいよ」と言って手を振ってくれた。

いよいよこの日の下町ともお別れだ。生まれてからずっと育ってきた町だから寂しい気持ちがないと言えば嘘になるけれども、そんな未練がましいことばかり言ってもいられない。これから東京での新しい日々が始まるのだ。きっと素敵な毎日を過ごそう。

――もちろん、『心残り』は、あるのだけれども。

私は先ほどからずっと待たせていたタクシーの方へと近づいていく。運転手さんがどことなく焦れったそうにしているので、あんまり待たせてもいけない。

「……まっちょ」

佳奈ぶんがぽつりと、まるで独り言みたいに言う。

振り向くと、佳奈ぶんはただ驚いたような表情で道路の先の方を見つめていた。

「へ、変な……変な人がいる」

「変な人？」

私は佳奈ぶんの視線の先をたどるようにし、目を凝らしてみる。

するとそこには――

「……えぇっ‼」

私は驚きの声を上げると、思わず固まってしまう。

確かにそこには、佳奈ぶんが『変な人』と形容するのも無理はない『変な人』がいた。

急いで移動してきたのだろうか、その人は自転車にまたがったまま大きく肩で息をしていた。両手でしっかりとハンドルを握ったまま、はあはあという呼吸音をこれでもかと響かせている。そして理由はよくわからないけれども、自転車の前方に取り付けられた荷物カゴには異様に髪の長い日本人形を座らせていた。確かに『変な人』に見えなくもない。だけれども、この人は、他でもない――

「ひ……日輪くん」

私はたらり、こめかみに汗を滴らせた。

日輪くんは自転車にまたがったまま、乱れた呼吸の間を縫うようにして言葉を吐き出していく。

「……ま、満作さん。こ、これはいったい？」

私は頬の辺りを強張らせながら、視線を泳がせた。そうなのだ。日輪くんは、私が魔法の階段を駆け上がって戦火飛び交う魔法界へと帰っていったものだと思っているはずなのだ。あぁ、なんてところを見られてしまったのだろう。……どう、どう説明したらいいのだろう。

「そ……そのね、日輪くん」私はあわあわしながら言いわけを考える。「じ、実は……えと、そう！　いくつか忘れ物をしていることを思い出したから、ちょっとだけ荷物を取りに魔法界から戻ってきたの！」

「コノ人ハ、嘘ヲツイテイマス‼」

「……えっ、お、およ？」

日輪くんはようやく呼吸が整ってきたことを確認すると、「これは——」と日本人形を指さしながら言った。「これは小百合。嘘発見器なんだ」

「う、嘘発見器……。その、髪の長い人形が？」

「ち、違うんだこれは！　本当はもっと髪は短かったんだ。だけれども『髪が伸びるシステム』をオフにする方法がわからなかったばっかりに、みるみる髪が伸び始めちゃって……」

「……か、髪の長さは、この際あんまり問題じゃないんだけどさ」

「とにかく！」と日輪くんは笑顔を見せた。「今日は、満作さんに言いたいことがあって来たんだ！」

私はドキリとする。「そ……そもそも、日輪くんはどうしてここがわかったの？」

「ああ、それなんだけど……満作さんはこのくらいの、切手大のチップみたいなものに、見覚えはないかい？」

「チップ？」

私は考える。そしてすぐに思い出した。

「あぁ……『ひのぼん』の中に入ってたチップのこと？」私は言う。「日輪くんが、ひのぼんのキーホルダーをプレゼントしてくれようとしたとき、ひのぼんの中からこぼれ落ちてきちゃったから、一緒に拾って……それで、ひのぼんの中に入れて縫い直しておいたんだけど……。私はてっきり、ひのぼんのお腹を押したら声がするとか、そういう感じの電子部品なんだと思ってたんだけど全然声もしないし、おかしいなとは思ってたんだけど……」

「そういうことだったのか……」日輪くんは申しわけなさそうに頭を掻いた。「あれも、ひのぼんとは全然関係のない嘘発見器だったんだ」

「……え？」

「ごめん」と日輪くんはなぜだか謝る。「こんなことになるなんて思わなかったんだ……」

すると、日輪くんは自分の携帯電話をこちらに差し出してきた。私は恐る恐る日輪くんに近づき携帯電話を受け取ると、画面を確認してみた。どうやらメール画面のようだ。日付を確認してみると、メールはほんの数十分前に着信したばかりであることがわかった。

私は文面を確認し始めてすぐに、目が点になる。

〰〰〰〰〰〰〰〰〰〰〰〰〰〰〰〰〰〰〰〰〰〰〰〰〰〰〰〰

■2月28日（土）の嘘内容の解析が完了しましたのでご連絡します。

抽出された嘘は全部で3件です。

1. 嘘：『魔法界に行っても、絶対に日輪くんのことは忘れないから』
真実：『東京（練馬区）に行っても、絶対に日輪くんのことは忘れない』
2. 嘘：『大丈夫。私の家、本当に丈夫だからさ』
真実：『私の実家は木造二階建て。築三十六年でとても脆弱』
3. 嘘：『じゃあ、行ってきます』
真実：『三月十八日（水）午後四時ごろ、東京に向けて自宅を出発する予定』

〰〰〰〰〰〰〰〰〰〰〰〰〰〰〰〰〰〰〰〰〰〰〰〰〰〰〰〰

私は携帯電話をそっと日輪くんに返すと、一歩後ろに下がった。

「本当は東京に行くんだね？　満作さん？」

私はそんな日輪くんのセリフに、口を閉ざす。

「話が――」日輪くんの目はまっすぐに私のことを捉える。「話があるんだ！　満作さん！　聞いて欲しい！」

私はもう二歩後退すると、ピタリと立ち止まる。

それから二秒ほどの間を空けてから、

ものすごい勢いで、
深々と頭を下げた。

「嘘をついてましたぁ！　本当にごめんなさぁいぃ！　許してくださいぃ！」

私は日輪くんに背を向けると、そのまま走りだす。そして飛び込むようにしてタクシーに乗り込み、運転手さんにすぐに出発してもらうよう告げた。背後からは日輪くんが呼び止める声が聞こえてきたけれども、かまってなどいられない。タクシーが走りだすと、私は後ろの窓から日輪くんの姿を確認してみる。日輪くんは大きな声を上げながら、必死の形相《ぎょうそう》で私のことを追いかけてきていた。しかしながらもちろん自転車ではタクシーのスピードに勝てるはずはなく、日輪くんの姿はみるみる小さくなっていき、二つ目の交差点を曲がったところでまったく見えなくなってしまった。

私は大きめのハンドバッグを両手で抱きしめると、そのままそこに顔をうずめてしまう。

あぁ……

私はなんてことをしてしまったのだろう。

日輪くんは——怒っている。当然のことだ。せっかく告白をしてくれたというのに、私は『魔法使い』だなんてありもしない大嘘をついて日輪くんのことを騙してしまったのだ。本当に本当に、本当にごめんなさい日輪くん。私は自分勝手な嘘をついてしまいました。あんなに真っ直ぐに私のことを信じてくれていた日輪くんのことを、私は何度も何度も騙してしまいました。そして嘘がバレてしまった途端に、こうやって逃げ出してしまいました。本当に本当に、本当に……ごめんなさい！

『今日は、満作さんに言いたいことがあって来たんだ！』

文句の一つも聞いてあげられなくて、本当にごめんなさい。

徹頭徹尾、最初っから最後まで私は最低な女でした。

私は顔をうずめたバッグの中で、小さく洟をすする。

午後四時半ちょうどの日の下駅発の電車で、私は私はあなたから、
旅立ちます。

最終周・日輪 賢二（西ヶ谷高校卒業 十八歳男性）

待ってくれ満作さん！

僕は自転車を漕《こ》いで漕いで、漕ぎ続ける。

太もも辺りの筋細胞は瞬く間に悲鳴を上げ始めた。それでも僕はすでに姿も見えなくなってしまったタクシーを追い続けて、がむしゃらにペダルを漕ぎ続ける。すぐに息は切れ、体全体を使っても呼吸が追いつかなくなってくる。それでも、やっぱりペダルを漕ぐ

のを止めるわけにはいかなかった。

諦めてたまるものか。このまま離れ離れになってしまうなんて、僕には耐えられない。

絶対に満作さんに追いついてみせるんだ。

幸いにして、満作さんのタクシーは日の下駅に向かっているはずだということを先ほど満作さんと一緒にいた（ほんの少しだけ太めの）女性が教えてくれていた。目的地がわかっているのなら、あとはひたすらに漕ぎ続けるのみ。ペダルを押しこむ度に自転車を左右に大きく傾けながら命を削るようにして快走を続けていく。

息も絶え絶え、いよいよ体力の限界かというところで、僕の自転車はようやくラウンドアバウトまで到達した。なぜだか理由はわからないが、ラウンドアバウト中央にそびえるレストランは竜巻にでも遭遇したみたいに見るも無残な姿へと変貌していた。鉢植えから食器から料理の数々まで、何から何までがひっくり返っている。ぱっくりと二つに割れてしまっている看板には『記念日おめでとう！』という文字が記されていた。何らかのハプニングによって滅茶苦茶にされてしまったものの、おそらくは記念日のイベントでも予定されていたのだろう。

僕はそんな『兵《つわもの》どもが夢の跡』的な光景を見つめると、僕と満作さんにとっても、今日という日をきっと記念日にしてやるのだと強く意気込み、再び体にムチ打ちペダルを力強く漕ぎ始めた。絶対にこのまま満作さんを東京になんて行かせない。行かせてたまるか。

愛の力の前では、すべての障害は無力なのだ！

――しかし、駅は遠かった。

僕は結局、それから三十分近く自転車で走り続けた。終始ノンストップ、終始立ち漕ぎ、終始ハイスピードで走り続けたのにもかかわらず、三十分もかかってしまう、そうなのだ……本来自転車で軽々と移動できるような距離ではないのだ。

ようやく日の下駅の姿が見えてくるものの、僕はすっかり絶望的な気持ちになっていた。時刻はすでに午後五時近くなっている。もう、満作さんは……きっと。

僕はそれでも諦めきれず、日の下駅の手前で自転車を停めると小百合とバッグを手に駅構内へと向かう。切符売り場を抜け、改札を抜け、ホームへと辿り着く。

そして絶え絶えの呼吸を整えながら、ホームをぐるりと見回した。

閑散とした、田舎町の、何の色気もない、寂れた駅のホームを、ぐるりと見回してみる。

すると――

僕は目を疑った。

ホームの端に設置されているベンチに、一人の女性が座っているではないか。

女性は大きなハンドバッグを抱えたまま背を丸めてじっと下を向いていたのだが、僕の気配に気づくとゆっくりと顔を上げた。そして僕と目が合うと、途端に緊張したように静かに背筋を伸ばす。

ほとんど奇跡としか思えないような光景に、僕は笑顔を隠せなかった。

促されるようにして、一歩ずつベンチに向かって近づいていく。

構内には駅員のアナウンスが鳴り響いていた。

[現在、日の下駅近くで発生いたしました衝突事故の復旧作業のため、電車の運転を見合わせております。現在のところ運転再開の見通しは立っておりません。お客様には大変ご迷惑をおかけして申しわけございません。もうしばらくお待ちいただきますよう、ご協力お願い致します]

女性は瞳にじわりと涙を浮かべると、首を横に振った。

「満作さん」僕は言う。「話を……聞いて欲しいんだ」

すると満作さんはベンチから腰を上げ、その場に崩れ落ちるようにしてホームの上に膝をついた。

「ごめんなさぁいぃ」満作さんは真っ赤に腫れ上がった瞳からぽろぽろと涙をこぼした。

「日輪くんのことを……騙してしまいましたぁ……。本当に、ごめんなさいぃ……反省ぃ……反省してますので、ゆる、許しては……いただけないでしょうかぁ」

「……ま、満作さん。顔を上げてよ。僕は別に怒ってはいないんだ。むしろ、ちょっとした偶然のせいであるとはいえ、ひのぼんに嘘発見器が紛れてしまったことを謝りたいぐらいなんだ」

「……え？」

「それはもちろん、魔法使いのくだりが全部嘘だったってことには……驚いたよ。僕は本気で満作さんは魔法使いなんだって信じていた。冷静に考えれば知り合いに超人的な科学者である漆原博士がいるっていうのに、なぜだか魔法設定をすんなり受け入れてしまっていた。とにかく、猛烈に満作さんのことを信じていたんだ……。だからこそ、さっき小型の嘘発見器から満作さんの発言が全部嘘だったってメールが送られてきたときは、水道の水を流しっぱなしにしたまま五分程度硬直してしまうくらいに驚いたよ……でも……でもだ！　もうそんなことはどうでもいいんだ！」

僕は大きな身振りを添えて訴える。

「あのメールには満作さんが三つ嘘をついていると、そう書かれていた。一つは魔法界について、二つ目はお家について、そして最後は出発の日時について……だけれども――」

満作さんはなおも瞳に涙を浮かべたまま、僕のことを見上げている。

僕は言い切った。「だけれどもあのメールには、満作さんが『僕のことを好きだと言ってくれたこと』が嘘だとは、いっさい書かれていなかったんだ!!　それは、つまりっ！……満作さんは僕にたくさん嘘をついた――だけれども、僕のことを好きだと言ってくれたそのことに偽りはなかったと、そういうことじゃないか!!」

満作さんは何かから逃げるように、ぎゅっと両目を閉じた。すると瞳から切り離されたように雫が二つ、ぽろぽろとホームの上にこぼれる。

「満作さんは……東京の大学に行っちゃうから、僕に嘘をついた。そうだね？」

満作さんは懺悔《ざんげ》するようにゆっくり頷いた。僕も頷く。

「遠距離恋愛になったらいけないと、そう思ったんだ。そうだよね？」

満作さんはまたも涙をこぼしながら頷いた。僕もやっぱり頷く。

「だったら……だったら僕は、もう一度……いや、何度でも言わせてもらうよ。満作さん」

大きく深呼吸をすると、ホームの上に座り込んだままの満作さんに向かって語りかける。

「僕は満作さんのことが、好きだ。大好きだよ！　たとえ物理的にどれほど距離が離れていようが、仮に五百マイル離れていても、魔法が本当だろうが嘘だろうが、そんなものは一向に関係なく、僕は満作さんのことが大好きなんだ！　そして、満作さんも僕のことが好きだと言ってくれた。ならばやっぱり、これ以上の事実なんて、この世界には必要がないんだよ！　僕は『満作千代子』という一人の女性に惚れてしまったんだ。一緒に日の下町にいられなくなってしまったとしても、青森と東京で別々に過ごすことになってしまったとしても、僕には君を絶対に守り続け、絶対に君を愛し続ける自信がある。さぁ、満作さん！」

「……日輪くん」満作さんはしおれた声で言うと、首を横に振った。「本当にありがとう。こんな……こんな私にここまで熱い言葉をぶつけてくれて……本当に嬉しいよ。ありがとう日輪くん。……でも、ごめん。やっぱりダメだよ。私のお兄ちゃんもダメだった。距離が離れちゃったら、どれだけ気持ちが強くても、きっと疲れちゃうんだよ……私はきっとうまくいかないと思う」

[コノ人ハ、嘘ヲツイテイマス!!]

満作さんは意表を突かれたように口を噤んだ。しかしすぐに反論するように口を開く。

「私、うまくいかないと思うよ！」

[コノ人ハ、嘘ヲツイテイマス!!]

「日輪くんも、絶対に私のお兄ちゃんみたいに、いつか私と会うのが億劫《おっくう》になるんだから！」

[コノ人ハ、嘘ヲツイテイマス!!]

「私と付き合ったって、絶対に日輪くんのためにならないよ！」

[コノ人ハ、嘘ヲツイテイマス!!]

「青森で、素敵な女の人を見つけてよぉ！」

[コノ人ハ、嘘ヲツイテイマス!!]

「私もきっと東京で素敵な人を見つけようと思ってたんだから！」

［コノ人ハ、嘘ヲツイテイマス!!］

「もぉぉっ!!」

満作さんは小百合に言い負かされると、両手で顔を覆った。

そして大声を上げて泣きながら、ほとんど叫ぶようにして言葉を絞り出す。

「私だって……日輪くんとお付き合いしたいよっ！　日輪くんのことが好きだよ！　でも……でも本当に、本当の本当に大丈夫なのか、自信がないんだよっ！　どうしたらいいのかわかんないんだよぉ！」

僕はようやく聞けた満作さんの『真実』をしっかりと胸に焼き付けると、力強く頷いた。

そして改めて自分自身に誓ってみせるのだった。大丈夫。絶対に大丈夫。僕は絶対に、何があろうとも、満作さんのことを好きで居続けてみせるのだ。満作さんが不安にならなくて済むように、『魔法使いだ』なんて嘘をつかないで済むように、満作さんがあらぬ恐怖に怯えないで済むように。満作さんのことを愛し続けてみせるのだ、と。

僕は大きく息を吐いてから、満作さんと同じようにホームの上にしゃがみ込んだ。

「満作さん」僕は、右手を差し出した。「今度こそ、『嘘』を抜きにして、この右手を握ってよ」

「……う、うん」

満作さんはそう言ってくれたのだけれども、次々に溢れ出てくる涙を拭うことに忙しく、なかなか僕の手を握ってはくれない。

そんなとき僕はふと、満作さんにプレゼントしてもらったハンカチをバッグの中にしまってあることを思い出した。あのハンカチは何度か使おうと思う場面に遭遇したはいいものの、結局いつも『こんな場面でせっかくのハンカチを汚していいものだろうか』と考えてしまい、ついに一度も使用できていないのであった。使うなら今しかない。満作さんにプレゼントしてもらったハンカチが、満作さんの涙を拭うために機能する。とても素敵なシチュエーションだ。

僕は満作さんに「顔を上げてよ」と言うと、バッグの中をまさぐりハンカチを取り出そうとする。しかしいつもハンカチを入れていたはずのポケットにハンカチは見当たらず、代わりに何やら青い箱が見つかるのだった。

僕は訝しい気持ちを覚えながらも、箱を取り出す。満作さんも箱の正体を窺うように、僕の手元を見つめていた。僕は何がなんだかわからないまま、ゆっくりと、青い箱を開け放つ。

すると、中から現れたのは――

「……えっ⁉」

まるで満作さんの涙を反射するように、

きらきらと、

どこまでも眩《まぶ》しく光り輝く、

ダ、イ、ヤ、モ、ン、ドの指輪だった。

僕は驚き、満作さんも驚いた。

僕たちは互いにしばらく呆然とした表情で見つめあっていたのだけれども、やがて何かがたまらなく可笑しくなって、二人して大きな声で笑い出した。狭い駅は瞬く間に僕たちの笑い声でいっぱいになる。笑わずにはいられないじゃないか。

そしてまもなく、まるでそれが当然の帰結であるとでもいうように、満作さんは、僕の胸に――

飛び込んできた。僕はそんな満作さんをやはりとても自然な気持ちで優しく包み込んだ。これだけわけのわからないことが起こったんだ、抱きしめ合わずに何をしろというのだろう。涙と笑顔とダイヤモンドの輝きが、水しぶきのよう、きらり、空へと弾け飛んでいく。

まったく、最後の最後に、まるで本物の『魔法』みたいなことが起こってしまうなんて。僕には何がなんだかさっぱりわからない。わからないのだから、今やるべきことはただ一つ。

お互いが物理的に離れてしまう前に、なるべく長い時間抱きしめ合うのだ。
ぎゅっと、可能な限り心を込めて、明るい未来を信じて。
大丈夫、
電車は、まだ来ない。

おまけでもう1周・菊池　正（西ヶ谷高校卒業　十八歳男性）

俺は柵を飛び越えると、線路内へと足を踏み入れた。

そして白煙を上げている電車の中へと侵入する。中には予想どおり、一人の女性が酷く疲弊した状態でいじけたように座っていた。まるで抜け殻のようにも見える。

「翔子」

俺が声をかけると、翔子はゆっくりと顔を上げ、まるで幽霊でも見たように息を呑んだ。

「どうして……どうしてあなたがここにいるのよ」

「理由なんて、どうだっていいだろう？」俺は言う。「単純なことさ、俺はどうしても翔子を諦め切れなかった、それだけだよ。その思いが、俺をここへと導いた」

「嘘よ……」翔子はやはり納得していないように首を横に振る。「あれだけ酷い仕打ちをした私に、あなたが未練を覚えるはずないでしょ？　槿紗也加をけしかけて、あなたを誘惑させて、一方的に別れを切り出して……その結果、こんな滅茶苦茶な事故まで引き起こしてしまった私のことを、あなたが許してくれるはずがないでしょ？」

「関係ないのさ」俺は言った。「俺には、やっぱり翔子しかいなかったんだ。昇降口で真相を告げられたあの日からも、やっぱり翔子のことは頭から離れなかった。俺は翔子のことを愛してやまないんだよ」

「嘘よ……」

「元に戻ろう」俺は翔子の目を見つめたまま言った。「俺たちは遠回りしたけど……きっとこうなる運命だったんだ。また全部、一からやり直そう。すべて、ラウンドアバウトだったんだよ」

「ラウンドアバウト？　ラウンドアバウトって、あの、交差点のラウンドアバウト？」

「そう。あのラウンドアバウト」俺は言う。「あの交差点と同じだったのさ。曲がりたい方向は決まっているのに、敢えて反対の方向に走り出さなきゃならなかったり、あるいは飛び出すタイミングがわからずに、いつまでもぐるぐると周回してしまったり。そんなふうに複雑に、だけれども極めて秩序的にすべてが進行していく。信号もなく、ノンストップで、同時並行的に車が動かされていく。それが『ラウンドアバウト』。俺たちもそんなラウンドアバウトをぐるぐると回らされたメンバーの一員だったんだよ」

「……どういう意味なの？」

俺は笑った。「この『日の下町』で、おそらくはいくつもの恋模様が展開されたんだ。いくつもの『恋』が、まるでラウンドアバウトみたいに、一緒くたになってぐるぐると展開されていった――そして俺たちも巻き込まれた。結果、ある者は円滑に結ばれたかもしれない。ある者は、苦難の末に別れる道を選んだかもしれない。いずれにしても、そんな中で俺たちはこうやって回り回って再び結ばれることができた。いわば勝ち組だってことだよ」

「……本当に、私なんかで構わないの？」

「言わせるなよ。少しばかり遠回りしてしまったけれども、進むべき方向はたった一つ。ずっと前から、そう決まっていたんだ」

「素敵」翔子は涙をこぼしながら口元だけで無理矢理に笑ってみせると、呆れたような口調で言った。「あなたの、そういうキャラクタが全然摑めないところ、とっても好きよ」

「ありがとう」俺は目を閉じて紳士的に頷いた。「さぁ、なら、早速行こうか」

「行く？　行くってどこに？」

「決まってるだろう？」

俺は立ち上がると、翔子を立ち上がらせるために左手を差し出した。

「俺たちが付き合ってちょうど二周年の、サプライズパーティへ、だよ」

翔子は驚いたように両手で口を覆った。

「結局、別れを告げられてからもキャンセルができなくてね、まったく、俺も未練がましいったらありゃしないよ。でも……今なら自信を持って言える。キャンセルしなくて本当によかった。君とこうやってまた、一緒になることができたんだからね」

翔子はシャンデリアのように繊細でキラキラとした笑顔を浮かべると、俺の左手を摑んで立ち上がった。

「それで」翔子は目を輝かせながら尋ねる。「どこのお店を予約してあるの?」

俺は人差し指を立ててから、最高に格好よく決めてみせた。

「ラウンドアバウトの中央に位置する、日の下一の名店。『ザ・セントラルダイニング』だぜ」と。

本書は電子雑誌ＢＯＸ－ＡＩＲ２０１５年３月号～７月号に掲載され、２０１６年７月に刊行された講談社ＢＯＸ『失恋覚悟のラウンドアバウト』を改題し、加筆・改稿したものです。

〈著者紹介〉

浅倉秋成（あさくら・あきなり）

1989年生まれ。2012年に『ノワール・レヴナント』で第13回講談社BOX新人賞Powersを受賞しデビュー。2019年に発表した青春ミステリ『教室が、ひとりになるまで』（KADOKAWA）で第20回本格ミステリ大賞〈小説部門〉&第73回日本推理作家協会賞〈長編および連作短編集部門〉にWノミネートを果たす。ミステリ界注目の気鋭。

失恋《しつれん》の準備《じゅんび》をお願《ねが》いします

2020年12月15日　第1刷発行　　定価はカバーに表示してあります

著者……………………浅倉秋成《あさくらあきなり》

発行者……………………渡瀬昌彦
発行所……………………株式会社 講談社
〒112-8001 東京都文京区音羽2-12-21
編集03-5395-3510
販売03-5395-5817
業務03-5395-3615

本文データ制作…………講談社デジタル製作
印刷……………………豊国印刷株式会社
製本……………………株式会社国宝社
カバー印刷………………株式会社新藤慶昌堂
装丁フォーマット………ムシカゴグラフィクス
本文フォーマット………next door design

ISBN978-4-06-521858-7　N.D.C.913　316p　15㎝

講談社タイガ

藤石波矢&辻堂ゆめ

昨夜は殺れたかも

イラスト
けーしん

平凡なサラリーマン・藤堂光弘《ふじどうみつひろ》。夫を愛する専業主婦・藤堂咲奈《さきな》。二人は誰もが羨《うらや》む幸せな夫婦……のはずだった。あの日までは。光弘は気づいてしまった。妻の不貞に。咲奈は気づいてしまった。夫の裏の顔に。彼らは表面上は仲のいい夫婦の仮面を被ったまま、互いの殺害計画を練りはじめる。気鋭の著者二人が夫と妻の視点を競作する、愛と笑いとトリックに満ちた〝殺し愛〟の幕が開く！